詩的信仰

和權詩集

2012年，榮獲菲律賓詩聖「描轆沓斯」文學獎

菲律賓詩聖「描轆沓斯」文學獎，該獎為菲國最高文學獎，亦為終身成就獎

榮獲台灣「第四屆人間魚詩社年度金像獎」

作者少年、青年及現今的照片

序／恪守信仰的詩人

李怡樂

這是和權的第廿三本詩集。

《詩的信仰》共分五輯，收入四百多首佳作。記錄下日常生活的點點滴滴，且表達了自己的感受、感應和感悟。這些作品幾乎都曾刊登於臉書和詩刊，好評如潮。

和權十多歲就與繆斯結緣，至今數十年堅持孜孜不怠地學習和創作，樹立了自己的詩風。他堅持以真情實意寫詩，是對讀者的尊重；用通俗易懂的文字寫詩，對讀者一視同仁，讓讀者都能看懂詩的內容，而後感知作者的「言外之意」。如果字面上的意思，讀起來莫名其妙，就更不知道這篇文字是否是「詩」？

先與讀者分享和權的一首短詩：

很想大踏步
進入當鋪

啪的一聲
將生活的壓力
疫災的肆虐
以及戰火的蹂躪
全摔在桌子上
大叫一聲：

當了！

——〈當鋪〉

「當鋪」。典當者以物品作抵押，換取現款的店鋪。「很想大踏步」，「啪的一聲」，「大叫一聲」，很形象的體現了典當者大步流星的動作和迫不急待的心態。

「當了」。語氣豪爽而堅定，略帶詼諧增添了詩趣。這是全詩的亮點。既消除天大的煩惱，又能獲取當下的「必需」。一舉兩得。被「生活的壓力」取走的是財物，被「疫災」奪去的也是財物（甚至生命），被「戰火」吐噬的，更是龐大的財產與無價的眾多生命。把這些為害人類社會的東西，全「當了」之後，「天下寒士俱歡顏」普天同慶！

但是，「現實很骨感」。

能「當」嗎？在現實裡，這是一則笑話。但，在博君一笑後細思，這是要認真重視的，有關國計民生的大事。「生活的壓力」、「疫災」、「戰火」都是當前面對的現實，涵蓋人類的生、老、病、死。這才是詩人要向讀者揭示的全球性棘手的問題。

詩人以天馬行空的想像力，創造了一個很接地氣的理想意境：「當鋪」。緊接著展開的（作者構思的場景）情節，則顯得合情合理。詩人浪漫的理想，和社會的現實巧妙結合成詩。像是送給讀者一杯正宗黑咖啡，口感溫熱味苦卻提神，聞香氣而心情愉悅。亦苦亦樂又愜意的感受。

幾年前，和權曾寫一首「落日藥丸」。以「落日」為藥丸，治療「憂思天下」的憂思病。令讀者拍案叫絕！而今，和權要用「當鋪」的方式，根治這全球性的「痼疾」。大格局，真是神來之筆。（此當鋪的老闆，非造物者莫屬）若非詩人心存善念，絕無此靈感。

再讀和權「詩的信仰」，就能多了解他的作品。

桌上的佳餚
全是巧手所安排

宇宙之形成
也是造物者精心之製作

我也有信仰
惟，並非人們所幻想出來的
形象

祂，無形無象
乃是以美、善、真形成詩

我終生愛祂，信奉祂

——〈詩的信仰〉

詩表達詩人的志向、思想感情、觀點立場……等等，反映了作者的處世原則、行事作風。雖然，和權憂思天下也感嘆歲月無情的流失：

越活越像街樹
伸出枝椏，也勾不住一撮
歲月

——〈無題〉

但他一直保持著樂觀的心態：

詩　愈寫愈感性
因為皺紋長在額頭

而不長在
快樂
的
心頭

——摘自〈年輕的心〉

和權「感性」的詩與眾不同，另有一種風味：

「我喝咖啡！」伊人傳訊

人生那麼苦，還喝黑咖啡？

笑問：
加不加糖？

加！

好吧！
我就是溶在咖啡裡的
糖

——〈糖〉

詩中「糖」喻「愛情」。「伊人」在吃苦的狀況下（喝黑咖啡），「糖」代表男人的「擔當」。微妙的含蓄，深深的情意。這是詩人溫柔的一面。他斥責邪惡時，卻是語氣強勁而有力：

導彈落地時

是否炸開了公理、正義？

——摘自〈二行詩　地〉

即使旅遊時看到塔阿爾（Taal）火山，他仍想著如何消滅戰火：

爆發時。是否
也會興起千丈的
湖水　一鼓作氣地
淹沒人間
的
戰火

——摘自〈凝望火山〉

如此正義感十足的詩人，非常注重親情。他認為「可媲美地心引力的，是親情引力。」父親節時他深情寫下：

今突破全球嚴峻的
疫情　重遊星洲。我自己
即是女兒的禮物

她嘴角的微笑。也是送給
父親
最好最欣慰
的
禮物

——〈八八父親節〉

綜上所述，只是和權詩創作全貌的「冰山一角」。他觀察力敏銳，想像力豐富，文字功底紮實，故而創作潛力不可估量。

和權的詩曾被選作大、中、小學教材，以及被《南洋讀本》和《國文新秀（閱讀題組）》收入作教材。我相信，細讀他的詩集之後，讀者會有自己選中的「教材」。

序／用詩的信仰，喚醒世界

向陽

在文學的浩瀚星河中，詩歌以其獨特的光芒，照亮了人類情感的深處。和權老師，作為當代華語詩壇的傑出代表，以其深邃的思想和精湛的藝術造詣，為我們呈現了一幅幅動人心魄的詩意畫卷。

和權老師，原名陳和權，生於菲律賓，為馭風者詩社創始人。他的詩作，蘊含著和諧與權力的雙重意蘊，既有東方哲學的和諧之美，又不乏對現實世界的深刻洞察和批判之力。他的詩歌，跨越了地域和文化的界限，以其普遍的情感共鳴和藝術魅力，贏得了廣泛的讚譽和尊重。

我們不由自主地步入和權老師的這本《詩的信仰》詩集中，步入詩人無垠廣袤的心靈世界。在這個燦然世界裡，我們的心靈從喧囂的塵世中沉靜下來，從而獲得與萬物共生的和諧和天籟。也漸漸感覺到詩人作品的獨具性，多樣性和豐富性。如一枚枚犀利的銀針，無意間觸動了人們心中最柔軟的情感。這本詩集是以分輯的構架出世，期間鑲嵌了詩人歲月厚重積澱的思想、感悟和警覺，放射出點點滴滴理性的光芒，照亮和喚醒了人們的心靈。詩人的情感「兼愛」。他廣袤的視角俯瞰人間的悲歡離合，糾結爭鬥。他用普愛的至真至善至美，為這個紛亂世界注入一劑藥方。詩人的作品，用41組組合詩群和48首微型詩，組合成一副璀璨奪目的星空。以偉大的信仰，普照這個擁有八十億顆心靈的星球。這些短長分行詩，是詩人沉湎世界最銳利最尖端的光束，用一顆詩心喚醒和撫慰世人。他的詩的鳳凰，浴火重生中，勾勒出清晰的心靈軌跡，揭示出宇宙的真理；生命的真相，詩歌的靈魂。無形無象的詩歌真諦，包含真善美這人類最閃亮的詩篇。詩人終生愛她（詩），信奉她，將詩作為最高信仰。滄桑時世中，為詩而生。在穿梭流浪中長嘯，高歌，「只循天道，自由來去」。詩人鍾愛月夜，在江河的版圖「默默寫詩，撫慰人心」。

詩人心中裝著海浪的激昂；欲噴的火山，用至純的「情」和峰巔的「境」，以月光的溫柔和真摯，給予那些受創的心靈以撫慰和力量。全身心投入到人、事、物上，視詩歌為玉雕觀音、翡翠觀音，「筆耕，直到終點」。詩人呵斥核廢水，憂思全球民眾的生活，憂患生存環境，訓斥內鬥，記掛呵護人民的福祉。並用詩指引方向，呼喚美好善良和智慧。用天，地，人氛圍三行詩，寫出「大地母親承受著人類的傷害」、「忍受導彈的摧殘」。用你我他，風沙和星辰，簡明扼要地勾勒出一行行人性，生命，金錢和戰爭的思考。被燻紅的晚霞，詩人在萬丈晚霞的光暈裡，唱出渴望太平歲月的願景，並發出靈魂叩問：生命的重量！即努力愛過，擁有善心與感恩。因此拜讀和權老師的詩，評者忘記了解析；情人找到了愛情；流浪者遇到了家；迷路者找到了回家的路——每每品讀和權老師的詩歌，宛如翻閱分行間的百科經典，被分行文字強大的精神磁場所吸引，覺得真正做回了自己。他的詩歌中的情感與智慧，對生活、對世界的獨特感悟和表達。對時代和社會的深刻反思，展現了詩人深邃的內心世界和廣闊的視野。

和權老師的詩歌，語言精煉而準確，情感真摯而深沉。他的詩，如同精心雕琢的寶石，每一顆都閃耀著獨特的光芒。在閱讀他的詩作時，我們不僅能感受到語言的美感，更能體會到詩人對生活的熱愛、對人性的關懷、對人類生存現狀的憂思、對世界現狀的深刻思考。

他的詩，正如王國維曰「一切景語皆情語」。在他眼前出現的海浪和游泳池等等，皆為他與萬物融合為一的寫照。樸實無華的生活語言，作者卻能讓它在不動聲色的自然之趣中昇華，超越了藝術語言的構建，直接抵達詩歌語言的殿堂，既保持了生活原型的原汁原味，又拓展了它的內涵和外延，沒有矯揉造作之嫌，沒有牽強附會之意。仿佛語構在他的筆下，是如此馴服舒展。在詩歌的境界吟詠、高歌。在以地球為畫框，描繪出眾生相無我相。

詩人每一個輯子裡的詩歌，每一首都是膾炙人口的哲思之作。在鋼琴聲裡；在以詩修行和療治世界的當口；在含淚或哭或笑間；面對萬家燈火，唱出心聲，去《安慰人間九百年》。以精神的品質，像李白一樣鍾愛月光。尤其在微詩48首三行詩，更是字字珠璣，宛如看到銀心中心太陽閃爍出的巨大光團，將詩人的心智、脈搏，抵達詩歌的靈魂深處。一如大海滾滾的滔天浪波，「竟如杯子裡小小的風波」一樣。展露詩人的風骨與胸襟。

作為菲華詩壇的中堅人物，和權先生的作品不僅在菲律賓受到推崇，在兩岸乃至國際詩壇上蜚聲四海。他曾兩度獲得菲律賓王國棟文藝基金會新詩獎，以及其他多項文學獎項，這些榮譽不僅是對他個人才華的認可，也是對他詩歌藝術成就的肯定。

在這篇序言的最後，我想引用和權老師的一句話，作為對讀者的寄語：「詩歌是靈魂的呼吸，是心靈的對話。」願每一位讀者，都能在和權老師的《詩的信仰》詩集中，找到屬於自己的那份感動、啟迪和光芒！

願和權老師的《詩的信仰》，繼續閃耀在文學的天空中，照亮更多人的心靈，激發更多人的思考。

用詩的信仰，喚醒世界！

2024年6月15日於嘉峪關市

序／從《詩的信仰》挖掘人性

李悅嶺

在新詩挖掘中，生活素材是新詩寫作唯一繞不過去的重要話題。要想在極短語言中獲得較大的詩意空間，詩人必須具備一定的文學素養和崇尚生活理想的天賦語言。這樣創作出來的詩歌一定是具有陌生化的語義，是詩歌難得的出彩之處。

近幾天翻閱菲律賓著名華語詩人和權先生近期將要出版的詩集《詩的信仰》，無不為他詩歌所表達出的正義感和對世人憐憫的詩之思想、情懷所感動。喜歡和權先生的詩，不單單因為他的詩歌藝術成就在國際上獲得無數大獎而樹立起來的良好形象。皆因和權先生詩歌中表現出的令人讚歎的人性甦醒和仁愛精神得到廣泛的頌揚。小到一句詩，大到多句詩，都是詩人專心致志經營的精神世界。微言大義，每個意象呈現出來的詩歌意境是那麼的意味深長，而有很深刻的哲理性。總能令讀者讀出新意或覺得不可思議，似乎有另一個世界等著人們去開拓。

如一句詩：

（1）沒了家園，你還有什麼尊嚴？

（2）你開小店，吃不飽餓不死。

如兩句詩：

這顆美麗的星球
會不會被眾生的淚水淹沒？

詩人敏銳地抓住了現實出現的問題矛盾深入探討，理出藏在詩中閃光的東西，那就是做人的本質，理性和尊嚴。「你開小店／吃不飽餓不死」是詩人對時下產生的社會現象問題做道義的深刻的鞭撻和更加嚴厲的諷刺。當然，詩人看出的問題十分嚴重，由此詩人感嘆，做出對這個世界的深刻詰問。「這顆美麗的星球／會不會被眾生的淚水淹沒？」我們怎能不被和權詩後面的現實大背景做出無奈的慨歎？

看到這裡，我們也整明白了詩人為什麼寫詩？為什麼為這部詩集《詩的信仰》拋出了良心寫作的標題？詩人是孤獨的，也愛善於思考，他寫出了大眾想說的話，要在這茫茫的塵世裡，做一個有良心有道義的詩人。雖然「孤獨是荒漠的大戈壁／除了狂風沙，只有詩／淒美的駝鈴，陪我不停的走下去」。為了「詩的信仰」，詩人矢志不渝，意志堅定地走下去，做一個有道義有良心的詩人。

詩人對「詩的信仰」定位明確，熱愛至極。

我也有信仰
惟，並非人們所幻想出的　形象

祂，無形無象
乃是以美、善、真形成詩

我終生愛祂，信奉祂

——〈詩的信仰〉

為什麼寫詩？寫什麼樣的詩？詩人在〈詩寫百年〉交代的更徹底，說的更清楚。

寫給你看　給自己看
給苦難的眾生看
也寫成　一面鏡子
給篡改的歷史
照一照醜陋
的
樣貌。

詩人用唯物主義辯證法切入歷史，這樣才貼近現實，總是以大無畏的精神為社會基層芸芸眾生發言。只有這樣，從平淡的生活中體味出正直善良的一面，這樣的詩歌才具有深度的思想性，更具有正義感。讓人性更直接顯露出來善的光芒，語義更有深邃的意味。

和權先生對醜的人性刻畫得可謂入木三分，小到一個物象，大到一個群體，人性的本質隨著環境的變化更凸出真的一面。他說：

繁榮的大城市
變成廢墟後
所有的破瓦殘垣
皆是人性
的
具體呈現

——〈具體的人性〉

詩人銳利的目光，透視這個災難不斷的社會皆有和權思想中神性的東西。從這裡看出，和權先生的精神世界無疑是閃光的，他詩中的世界無疑是理想化的「無形無象」本真的東西。

祂，無形無象
乃是以美、善、真形成詩

——〈詩的信仰〉

在他的思想中沒有一個意象是完美無缺幻想出來的形象。他詩之意象有美、善、真的東西，也有醜惡的東西，他毅然願做孤獨的詩者，用一生的閱歷經歷滄桑，願以小人物的形象從「大街小巷穿梭／撿拾人間的悲、欣」。我們從這裡看到詩人的品質是多麼的可貴！對世界的仁愛之心又是多麼的真實燦爛無比！

和權先生對三行詩形式塑成又有和以往的詩作截然不同，願意從一個簡短的意象找出情感世界的規律，如〈浪花〉這首詩：

心緒起伏跌宕。舉筆
一揮　竟然滿紙浪花
朵朵是惆悵，抑是憂思

只有悲憫天下的人，才能兼有普世情懷的「憂思」。詩人也有理想和平的詩國：

沒有紅塵的喧囂
也沒有槍聲
炮聲
人間太平
歲月靜好……

——〈半夜的星洲〉

別問
飛機餐好不好吃
要問　就問
人間餓殍知多少？

——〈雲海之間〉

類似這樣的三句詩還有很多。詩人看事物的角度永遠是新穎的，帶有哲思的機智的調侃，深入內心的諷刺和批判，典型的批判現實主義戰士的形象，矗立在讀者面前。

綜合欣賞和權先生的詩集《詩的信仰》，給人留下的印象是多方面的，多變的形式，對社會深刻的剖析和冷峻的思考，對宇宙奧妙的深度理解，體現出詩人智性詩歌獨特的藝術魅力。

序／仁慈的聖鬥士
——題記《詩的信仰》

張衛強

近日，受菲律賓和權先生所托，為《詩的信仰》一書題序。倉促之間，發覺難以用文字斗量和權先生那仁慈的心。

和權先生的不僅具有憐憫之心，還是一把利刃，把社會、人性醜陋的一面，展示在世人的眼前。並且夾雜著一種無奈。請看和權先生的詩：

真誠的善良
是一貼良藥　可以治療社會
毒瘤——惟藥物難求啊

一首好詩，不在乎文字的多少。而注重詩的寓意。和權先生的詩，以短小的布局，犀利的文字，或謳歌人性的真、善、美。或抨擊醜陋的靈魂和社會現象。說別人不敢說的話，寫別人不敢寫的詩。簡單總結為一句話，讀和權先生的詩，就是痛快。

例如：

寫給你看　給自己看
給苦難的眾生看
也寫成一面鏡子
給篡改的歷史
照一照醜陋
的

模樣

——〈詩寫百年〉

在這首詩裡，開篇就是布局。寫的人是誰呢？是和權先生本人嗎？那麼可以坦然的說，和權先生讓你看的不是他的作品，而是讓你看清苦難的眾生以及被篡改的歷史。讀者也只有一個人，那就是篡改歷史的始作俑者。

如果寫的人不是和權先生，那麼，第二節所謂「篡改的歷史」也就順理成章了。此時，「醜陋的模樣」也夾雜著和權先生對這種現象的不屑，對眾生的憐憫之心與無奈，正義凜然的豪氣，已經怦然躍於字裡行間了。

和權先生以彼之道還施彼身。用鏡子為轉折點，對苦難的眾生心痛，對始作俑者的憤恨，已經被渲染得淋漓盡致。

再看：

睡前
總愛喝兩杯
而小菜是
記憶中
你穿越千山萬水
深情相擁
的
哭與笑

——〈小酌幾杯〉

鐵漢也會有柔情的一面。只不過，多年與和權先生的交往中，未曾聽到飲酒的習慣。所以特別留意了一下這首詩。佛曰：人生八苦：生、老、病、死、愛別離、怨長久、求不得、放不下。我們剔除掉人力無法避免的生老病死，那麼這首詩還夾雜著愛別離，求不得、放不下。

而詩的結尾部分，哭與笑一正一反兩種事物並列的存在，只能用喜極而泣來定義了。

如果，我們不以愛情詩去理解這首詩，那麼，這首詩像極了一個闊別多年的遊子，對故鄉的思念呢？所有的虔誠已經叩於行間。一顆赤子心也昭然若揭了。

〈美麗的花朵〉卻又是另一篇封神之作了。

不求佛
不求鬼神
你心中盛開著一朵美麗
的
善良
蝴蝶自會翩翩
飛舞
而來

——〈美麗的花朵〉

在這首詩裡，和權先生的開篇為定場。之所以不必求神庇護，也不畏懼鬼神。因為和權坦坦蕩蕩，問心無愧。試問天下人，能做到問心無愧的人能有幾人？和權先生無疑位列其一。這首詩的巧妙之處在於有兩種理解方式：

一，詩中的你，是指和權先生本人。那麼，這首詩是和權先生對自己多年品行的總結。詩人以山的高度，對後輩循循善誘。教導大家應該注重自己的自身修養。雖良藥苦口，忠言逆耳，但這首詩，卻成為鞭笞後人最美的風景線。

二，詩中的你，是指那些始作俑者。這樣理解的話，這首詩就有著一種放下屠刀的感覺。

天地不仁，以萬物為芻狗。那些始作俑者如果心存善念，行善事，肯定會有另一種收穫。

縱觀《詩的信仰》一書，看到最多的是和權先生對世人的憐憫，對始作俑者的譏諷。每一首詩，都能讓親者快，仇者痛。

和權先生亦是如此。不僅僅有著慈悲的心，還有著一副無所畏懼的硬骨頭。

自序
——當鋪

很想大踏步
進入當鋪

啪的一聲
將生活的壓力
疫災的肆虐
以及戰火的蹂躪
全摔在桌子上
大叫一聲：

當了！

CONTENTS

第一輯

第二輯

第三輯

第四輯

第五輯

第一輯

一首小詩

難以入眠。月光柔聲
說：有什麼心事？

寫不出好詩嗎？

筆，搶答道：
他自己就是一首沒人注意的
詩

哈哈大笑，我說：
一首浸泡過淚水
像遠天星子微光
閃亮的
詩

詩寫百年

寫給你看　給自己看
給苦難的眾生看
也寫成　一面　鏡子

給竄改的歷史
照一照醜陋
的
樣貌

詩的鳳凰

萬物之靈
終將毀滅於戰火

一隻美麗的鳳凰
浴火　重生

詩的信仰

桌上的佳餚
全是巧手所安排

宇宙之形成
也是造物者精心之製作

我也有信仰
惟，並非人們所幻想出來的

形象

祂，無形無象
乃是以美、善、真形成詩

我終生愛祂，信奉祂

孤獨的詩者

孤獨的詩者　一陣清風
歷經滄桑　閱盡人生

仍在塵世中流浪
大街小巷穿梭
撿拾人間的悲、欣

最愛在山峯上吟唱
或長嘯。無視於人世的
框架

只遵循天道。自由來去

月夜。總在江河上默默寫詩
撫慰人心

燈下寫詩

現實致使我的詩語言
變得雨夜之海水般激昂

生活讓我的詩像一座憤怒的
火山，隨時都會爆發

這些情緒都未能改變現狀
它，只像攝影一樣拍下人生
的美好與醜陋

好在親情、愛情、友情
又讓我的詩情，變得更加真摯
宛如月光般溫柔

時而撫慰著受創的心靈

也許，這就是全心全力投入
創作，不願浪費時間在無謂的
人、事、物之上

完成一座完美的玉雕觀音
也需要投入全部精神與心力
何況是詩

從精美的翡翠觀音雕像上
人生的方向
看到了詩，也看到了
人間的至美至善與至真

因而滿心喜悅。決意繼續
筆耕，直到生命的
終點

——2023《人間魚詩生活誌》第15期

8月24日

核廢水。今天
在太陽下公然排放入海
改變了全球民眾的生活
海風不敢吭聲
連高喊正義的嘴巴
也啞口無言
活著
不就是為後代子孫創造更好
的生存環境嗎？
也許，毒水入海即是為人類
造福？
（只是，我們看不懂罷了！）

詩是一個方向

有人預言：
大災之後　必有大變
三年口罩。什麼都不一樣了
何止是經濟乘著電梯下降
物價坐飛機上升
連平安過日子
也變成了奢夢
唯一不變的
是堅持美好、善良而智慧的
詩

繪畫

畫　小孩
畫　盪鞦韆
畫　一個母親
嘴角掛著笑
畫　導彈
畫　一片廢墟
就是畫不出
牽著的腸
掛著的肚

以及藏在淚眼中的
痛苦

求靜

黎明。一抬眼
又黃昏了
落日
謝幕之前
不悲　不喜
但求一個「靜」
卻覺得
難　難　難

——2023《人間魚詩生活誌》第15期

無題：天地人

三行詩　天

星星是黑夜簾幕上的洞洞
眾神都在窺視人性之惡
引發的戰火

二行詩　地

大地母親承受著人類各種
傷害。還要忍受導彈的摧殘

一行詩　人

沒了家園。你還有什麼尊嚴

無題：風沙星辰

一行詩　風

人性的殘暴啊　超級大颱風

二行詩　沙

蒼穹無限大。地球只是細沙
人類卻在內鬥中消耗短促生命

三行詩　星辰

遠天的星子，是閃爍的淚珠
若是上蒼沒有眼睛，怎會有
滿天悲憫的淚？

無題：你我他

一行詩　你

你開小店　吃不飽餓不死

二行詩　我

我炒地皮　三餐溫飽
無慮金錢問題

三行詩　他

他　兜售戰爭
所到之處　災難也隨之而到
賺得飽飽飽飽飽飽……

人心滴血

一行詩　天

白天黑夜，戰火照亮了真理

二行詩　地

導彈落地時
是否炸開了公理、正義？

三行詩　人

忙於內鬥，忙於口伐筆誅
忙於軍演，忙於徵兵上前線
卻忘了小民們心中滴著血與淚

燻紅了晚霞

一行詩　去

去記憶中尋找太平歲月

二行詩　來

來日戰火將更加熾熱
燻紅了晚霞千丈

三行詩　今

今朝海、陸、空齊出動

只為了申張公理與正義
家，幾乎全被炸成了廢墟

——《人間魚詩生活誌》第16期（反侵略詩）

星洲家中的詩集

若問生命的重量

那廿一冊詩集
即是吾人一生的
重量。堪比一片落葉
抑或是一座大山
由歲月決定

一顆善心。滿懷感恩皆在
詩中

重量不重量無所謂
主要是　曾努力愛過
以及

憤怒過！

游泳池

浮沉了一生
也不知道自己的自由式
是否
正確？

爾今　站在池邊
靜觀池中人
于名與利之間　游來
游去。不禁
在一陣大笑聲中
離去

綠豆湯

好久沒喝綠豆湯了。思念
母親，卻比思念綠豆湯更甚

還有機會喝到它。因為情深
意重，老人家等在銀河岸邊

漣漪

夜深時分。多情的月光
打破寂靜　在心湖中漾出
一圈圈思念

微風聽見　蘆葦花也聽見

歲月靜好

大地有陰陽
太極分兩儀

有人間地獄
必有
天堂

有轟炸的導彈
就有民舍化為廢墟
就有一堆堆逃離家園的
難民

也必有太平之日子

只是
生命短暫。未必
看得到

會心一笑

格言不像格言
謎語不似謎語
的東東。稱之為「詩」

人脈、手腕加上心機
居然也能獲獎

細讀其詩。越讀
越是
搔頭

終於露出一朵會心的微笑

——《人間魚詩生活誌》第12期冬季號

菲律賓畫家心靈之音

一踏入畫廊　即望見
月亮　山海　礁石
花花草草　以及村婦等
都在聆聽一片遼闊的寧靜

靜到聽見畫家情緒的波動

連顏色都在說話。訴說著早年
純樸的生活　豐收的快樂

俱往矣。現在哪裡還有什麼
太平盛世　除了戰火擴散之外
就是天災不斷的侵襲

也只能在畫廊裡　才能
尋找到片刻的寧謐了

遊樂園

廸士尼樂園，園區
種滿了歡欣

只是　俱備純真的童心
才能享受百花之饗宴

善良　主導了
這個世界大花園

——2023《人間魚詩生活誌》第15期

子宮

觸目是
溫暖的子宮

周圍是各種聲音：
不要出去！不要出去！

宇宙誕生了萬物
子宮　又怎能拒絕孕育
生命？

還是出去吧
去面對各種磨難
與痛苦

以探索造物者詩般隱藏的深意？

——2023《人間魚詩生活誌》第14期

鋼琴

靜靜的。一架鋼琴

宛若一個詩人　那麼沉默
沉默中藏著青山、綠樹
藍天、白雲。還有炊煙
以及小橋、流水、人家

鋼琴的感傷

鋼琴是擺著好看的嗎？

商場內那架鋼琴有點憂傷
衷曲千萬首　訴與誰聽？

來來去去的　都是腳步匆匆
沒有一個適宜於　靜下心來
聆聽

聽懂了又如何？

鋼琴　亟欲瞬間消失
就像　從來沒有存在過

——2023《人間魚詩生活誌》第15期

入晚時分

今生抱過幾個天真的
小女孩。一個個長大後
便小鳥般飛走了

有的前途一片陽光燦爛
有的命運多舛

此刻。輕撫著小孫女的頭
不知道該如何
如何為她指出
一條人生的坦途

只能祈求此心發光發亮
為天下所有的小孩照明夜路

詩與修行

幾乎一生
都在詩中修行
修智慧　修善因
也修一顆無邊無盡的
慈悲心

就是堪不破一個「情」字

無情
也就無詩

未知無情如何下筆？如何修行？

——《人間魚詩生活誌》第15期

小喝幾杯

睡前
總愛喝兩杯
而小菜是
記憶中
妳穿越千山萬水

深情相擁
的

哭和笑

勁竹

有點憤慨
翠竹嘶喊道：
不要侮辱
我

做回你們自己吧
蘆葦和墻頭草
豈可冒充
勁竹

——〈小喝幾杯〉、〈勁竹〉入選陳長江先生主編
《詩歌經典2017》，團結出版社，北京，2018

含淚

他們說造人的目的
是榮耀上帝

蕈狀雲　是否足以榮耀？

上帝也錯愕

製造了萬物之靈
卻以慾望毀滅了他們自己

是怎樣的人間　怎樣奇怪的
物種？

造物者也錯愕。像一首
隨手拈來的詩　充滿驚喜
也具備多重象徵　只是意涵
甚深　比宇宙深處更深
深得連上帝自己
也難以理解　無法
理解

——2022《台客詩刊》第30期

夜訪

月亮是
門鈴。伸手一按
住在銀河岸邊的媽媽就來
應門

無題

越活越像街樹
伸出枝椏，也勾不住一撮
歲月

失題

C君傳訊：
小詩以外聽淚垂
狂笑之中見酸楚

吾人加上橫批：不過如此

——《有荷文學雜誌》第38期

萬家燈火

燈火都亮了

風啊風
你只要輕輕地掠過
別窺望窗內的
悲
欣

每個人都有他自己的故事

風啊風
請予以衷心的
祝福

——2022

心聲十六行

平生很少參加文藝活動
不喜歡多話　也不太喜歡
做生意。為謀生計　不得不
營商

喜歡練拳。獨自坐在咖啡廳
讀書、寫詩　及靜觀世態

愈是孤獨。愈是寫詩
感悟人生的意義愈深也
愈淺

獲得菲國詩獎。終身成就獎
之後　不得不上台講話。連
自己也不相信有這個能耐

感恩上蒼！吾人只能
以詩萬首回報。並撫慰
蒼生
九百年

——2024

功不唐捐

詩齡跟壽命
或會相差不遠

付出的心血　表達的
善意　會在意想不到的地方

生根發葉　開花結果

至今。已獲得海內外重要
詩獎十多次。包括
蟬聯菲律賓壬國棟文藝會
「詩獎」、台灣中興文藝獎
華僑救國聯合總會華文著述
獎（首獎）
大陸八仙徵詩擂台賽第一名
菲國詩獎（終身成就獎）亦即
Balagtas award等等

沒有孤獨與燈下的堅持
也就沒有花沒有果

將更努力於發現人間之美善
或會撫慰一些受創的心靈

獲獎有感

一名詩人。是否
該在作品中予人感動
安慰、省思　及美的享受

是否該獻出一份真誠的善意

是否寫詩只是為了寫詩
而沒有心機　及安排？

安慰人間九百年

月亮有點嚕嗦
以前問過的話
今晚　又再問一次：

為什麼天天在燈下寫詩？

吾人寫詩只是為了寫詩
為了像俠客般的打抱不平
為了替苦難的小民說話
也為了月光般的
安慰人間九百年

至於獎不獎
順其自然就好

——2024

第一次演講

獲獎。第一次站在台上
將軍般對著眾多的大學生
演講

望過去。彷如一朵朵浪花
在昂首傾聽。

下台後。圍上來一排排浪濤
問：要怎樣改變我們骯亂
不堪的社會？

詩人笑了：真誠的善良
是一帖良藥　可以治療社會
毒瘤……惟藥物難求啊

——2024

颱風襲菲

報載颱風「亞混」致5死7傷
至少八千多戶家庭受災

跟遠方的戰爭相比
無異是「小巫」見到「大巫」

果真是天災
遠遠比不上「人禍」嗎?!

具體的人性

她說：
人性跟空氣一樣
是看不見的！

哈哈大笑
我說：錯！

繁榮的大城市
變成廢墟後
所有的破瓦殘垣
皆是人性
的
具體呈現

——2024

三世輪迴

與疫情　隔著口罩
與財富　隔著良心
與天上的母親啊　隔著
淚光

與煙台　隔著夢
與牽掛、憐惜的人
隔著
三世輪迴的
相思

而相見　隔著夕陽下的荒塚
新墳

——《人間魚詩生活誌》

核冬季

用一支筆
丈量人類的戰爭

戰爭笑了：愈丈量戰火愈
猛烈

一枚核彈柔聲說:
別擔心
冬季來臨時
戰火　也就永遠
熄滅了

——《人間魚詩生活誌》

第二輯

夢

石頭。一刀切開
世界安靜了

經典詩。一筆而成

天地　驚
鬼神　泣

痴情的春天

「來生，我就化作一朵花了
你會來看花嗎？」
望著妳盈淚的笑容
輕聲說：我早就來了

妳在哪裡
春天啊
就在妳的身邊
痴痴地
守護著

恍若遇見自己

月光　淒涼了夜色

商場。自動彈奏的鋼琴
琴音叮噹　卻增添了心中
幽谷霧山的空靈

素雅的花

詩是
畫面上素雅的花

意境好
富象徵性

有故事的人會感到欣慰
微笑
面對人間一切的
不幸

濃霧中

上次旅日時
坐在酒店的窗前
看風景。突然
一陣濃霧瀰漫……

風景沒有了。綿延起伏的
青山　也不見了

歷經滄桑後。才知道
什麼是朦朧之美

唉！
沒有真相也沒有什麼不好！

空山。鳥語

星期日。咖啡廳
人多　市集般吵鬧

多年的經歷
你　已能在鬧中取靜

恍如置身於空山
傾聽鳥語

並讀書　寫詩

亦像導彈轟炸下的小民
該吃飯　吃飯
該睡覺　睡覺

冰淇淋

總覺得自己
霞光　萬道

今天
坐在海邊
看夕陽冰淇淋溶化
才看清
自己

紫水晶

月光如水
紫水晶　照見自己
有稜、有角

禁不住
閃閃發光
問：

宜於隱居深山密林否？

夕陽下

視頻。一位老人
坐在椅子上，夕陽
西下　落葉遍地

他一臉安詳地看著世界

願像他一樣失去了所有記憶

惟
不要失去媽媽的笑容

也不要失去疼我愛我的人
眼中無限的柔情……

幹嘛寫詩？

心花　能不盛放嗎？
眼淚　能不盈眶嗎？
嘴巴　能不歌唱或放聲
大笑嗎？

詩　能不跟古箏一樣彈奏
高山　流水
或大漠
風沙？

枱燈啊！你又幹嘛
幹嘛照明詩人的
書桌

我的稿箋？

詩的聲音

心靜。靜到極處
即可聽見萬物的聲音

天色有聲　沉默有聲
連詩也有聲音

最喜歡詩中渾厚滄桑的
嗓音　唱出了滿懷的深情

情愈深愈美
愈能觸動受創的心靈
因而敢於面對哀傷　與
不幸

九行

做人跟做詩一樣
不僅僅是技巧

如果只剩下一堆高明的技巧

敢問
閣下
喜不喜歡？

哈哈大笑：
擲筆
不寫也罷！

照鏡子

望著紫水晶
宛如　照鏡子

稜角太多了
也太美了

如果
磨平了
還像是人？

颱風襲境

大雨下了三天三夜

遠方

雨量更大
連續下了一年多

下的是彈雨

透過花看靈魂

從菲女畫家Aileen Lanuza
筆下　看到了美麗而奇異的
精神世界

花啊　一扇窗
你可以發現女性之魅力、堅強
與力量　並感知到美好的想像
肉體及靈魂之存在

請你予以愛惜花朵　宛如愛惜萬物

這世界　也是一朵美麗的花
請予以溫柔對待

不要摧殘她。不要摧殘花朵

詩的定律

寒風凜冽
問道：

什麼是詩的定律？

椰樹
笑彎了腰

看！
大海中飛濺的浪花
千姿　百態

讀詩

讀詩
悄然流眼淚

不是詩

生病的父親。童年。受傷的
幼小心靈

一隻手
觸痛了生命的傷口

伊人病了

噓，別說話……
有風，有花，有草
安安靜靜待著就好……

隔山隔海之外
生死之外　輪迴之外

還有一對眼睛。遠天的
星子般
閃爍著

淚光

動人心弦的詩

「生病了，媽媽坐車
一個多小時來給我送吃的
眼淚奔湧了」伊人哽咽

讀詩的時候。偶也會
看成忍不住的
奔湧
的

淚

氣球

悲欣　一個個氣球
不是飛走了　就是破碎了

即使如此。還是喜歡氣球
載著你的夢
你的心意
你的祝福

升空

背影之一

和睦的家庭。四個親人
牽著手　在笑聲中往前走

日子菓子般酸酸甜甜

很想告訴全世界往前走是為了
遇見更好

祝福每天採擷的
皆是幸福、快樂、健康

背景之二

望著親人們的背影
恍如看到一隻欲飛的雁鳥

面對著人生洶湧的
大海
高聳的山　蔚藍的天空

震翅　欲飛

活著　需要多大的努力
多大的信心和勇氣

你眼中含淚。更多的是
祝福！

詩千首

不是為了寫詩而寫詩

歷經苦難。飽受生活的折磨
也目睹了千年一遇的悲劇
及延燒不停的戰火。心中
江河般有話要說

一瀉千里的詩
也表達不完起伏跌宕的
情

只有筆知道吾心悲苦　恍如
明月　想在淒涼中遍照
天下

依依不捨的落日

返菲了。飛機在跑道上
滑行時　香港的落日有點
憂傷　依依不捨

宴席散了　也就散了

落日啊落日
輕聲道別就好
詩人　只是來瀟灑走一回
不作久留

人生　也沒有久留的東西
有情
淚沾衣
就好

極光

乘機。飛越太平洋
去看極光

一隻海鳥落在郵輪上
說：我也是來看極光的

你笑了：這世界
並不全然是一片黑暗

黑暗中
也有至美的
動人心魄
的

極光！

海鳥

食物　並非不能分享

海鳥　慢慢趨近
咕咕的說：我也餓了呀

吃吧！
全世界所有的美好
都可以共享

大海、藍天
以及土地
都不能獨佔或據為己有

海域

吃吃喝喝
郵輪
航行了數天

未知身在哪個國家的海域？

問飛鳥，問游魚
都說不知道

浪花反問：
什麼是海域？

瑕疵

送妳月光石墜飾
有點瑕疵。猶如兩地相隔

的
情愛

也好。沒有瑕疵
就不像是真實的人生

詩心

這一把古箏
總是彈奏激昂、蒼涼的
曲調

彈它個翻江倒海

卻渴盼在月下
彈奏出荷塘月色
或
春雨綿綿

幹嘛寫詩？

心花　能不盛放嗎？
眼淚　能不盈眶嗎？

嘴巴　能不歌唱或放聲
大笑嗎？

詩　能不跟古箏一樣彈奏
高山　流水
或大漠
風沙？

檯燈啊！你又幹嘛
幹嘛照明詩人的
書桌

我的稿

雨夜。寫詩

循著字裡行間走下去
或會走到妳的心中
悄悄留下了關懷與安慰
以及無限的祝福
繼續走下去
也可能見到定居於星河畔
雙親和藹的笑容
和妹妹閃亮的眼睛
再走下去

就遙遙聽見故友的笑聲了
笑得那麼開心那麼豪爽

聽濤

至親的人離去
超級颱風
摧毀了一切
即使活到今天
哀傷的洪流
仍然未退
記憶已是一片汪洋
大海
驚濤駭浪
你，也變成了一個
日夜聽濤的人

千丈飛瀑

久未相聚。今晚見面
發現你胖了　人生歷練
與學識　都胖了許多

卻驚見我額頭上
多了幾條江河

大笑三聲：

順流而下　或會看到
水花飛濺
轟轟隆隆的

詩的源頭

小草

一位八十九歲老奶奶
每天出去檢廢品
她十分樂觀
說自己的兒子病了
不能動，也不能說話
只會叫「媽媽」
她卻不氣餒
依然開朗地笑
活出小草般無限的堅毅
與美

星期日

一天的美好
從咖啡、香蕉蛋糕開始

一生的愉悅
從母親慈愛的眼神開始

一生的悲欣
從詩中掀起的千丈浪濤
開始

也在詩千首萬首之後，結束

（情未了，愛未了）

舊街

車子經過舊街
即刻遇見記憶中的人和事

十年青春年華遺失於此
再也找不回來

只拾回舊教堂三下悠遠的鐘聲
以及清純少女
有意無意露出的
笑

車子遠了。心中卻多了一份惦記

床

郵輪上
偌大的床
舒服是夠舒服了
只是
大多做惡夢
少有一覺睡到天亮
才笑著
醒了過來
究竟是人間太悲苦
抑是

天道？

生日快樂

出生。即面對現實的問題
誰無苦惱、煩憂？

青春　也像鴿子一樣飛走了

生日　值得慶祝嗎？

有句話：人亡後
全去了天堂
因為人間即是地獄

只能大笑三聲：
生而何歡？死而何懼？

畫廊

色彩、線條、構圖
無不予人美的感受
也令人看到畫家的巧手
與靈思

宛如世上萬物之安排
在秩序中見到了造物者
的
真實存在

酒後八行

青春年華　早已隨風
一顆詩心　還在

熟悉的面孔也一張張地
消失

詩情、詩意　及詩思都還在
一片真情還在

笑聲還在

千年之後還在

畫卷

只想將詩寫成一副畫卷
徐徐鋪開

讓你看到胸中的山水
巒峰秀麗　溪川清澈透明

還有一條千丈的飛瀑　以及
竹舍

莫問象徵、暗示了什麼
不同層次的人
自有不同的領會

親愛的。只有妳知道
這隱蔽的地方適合什麼人
來此長居

糖

「我喝咖啡！」伊人傳訊

人生那麼苦，還喝黑咖啡？

笑問：
加不加糖？

加！

好吧！
我就是溶在咖啡裡的
糖

碎花裙

把季節穿在身上
妳笑得比春花還要
燦爛

用一首小詩
把妳的芳香留住，把妳
高雅的氣質
與獨特
留住

碎花裙啊
讓我也把妳穿在
心上

溫柔的眼神

宇宙那麼大
如果發現沒有外星生物
僅僅地球上有人類
那是多麼的寂寞、可怕

若是只有你生存在世上
沒有父母　沒有親人
甚至沒有可以傾訴的對象

像餓狼吠月一樣的孤單、絕望
情何以堪？

你的眼神突然溫柔起來
溫柔地
望著一家大小

老酒

未能暢飲青春之佳釀
也要認真的品味陳年老酒
老就老了
也沒有什麼不好

只要喝到微醺
站起來
在月下舞劍
高歌一曲
自覺無愧於天地
孤癖了一點又何妨
只要情留人間
不負此生不負歲月
就好

一顆心

探視小孫女後
返家的路上
她傳來了一顆
心

下車後。發現水池裡
每條金鯉都欣喜不已
連池邊的小花也都眉開
眼笑

原來幸福是如此輕易可得!!!

另一種幸福

「做過的善事，被換成
另一種幸福來到身邊」
她說

沒來由想起以前經營的
小店，那裡的蜘蛛、蜈蚣
以及老鼠等……它們都去了
什麼地方？都還記得詩人嗎？

生活不容易。但日子還是
過得下去。這，也是另一種
幸福？

鏡

心如明鏡。明鏡如詩

即使
被現實摔碎在地
這顆
破碎的心

也要映照出人間的
至情、至性

年輕的心

詩　愈寫愈感性

因為皺紋長在額頭
而不長在
快樂
的
心頭

晨起十一行

天增歲月。書櫃
增加了詩集

情如霜
也像漫天飛舞的雪花
全凝固在一冊冊詩集中

也許瞬間化成了空無
也許
永不融化

為世間留一份通透的
愛憐
與悲憫

吃海鮮

吃著吃著。竟然
想起海洋法則
也想起了
叢林法則

從好滋味
吃到
難　以　下　嚥

吃到
發出一聲輕微的嘆息

二零零二年的刀

二〇〇二年的刀
二〇二三年終於見了血

「羅剎海市」既誅妖又誅心

流的不止是
所謂的「四大惡人」的血
連文學、哲學、醫學、科學
社會學、歷史學、心理學等等
也都見了血

甚至國外有些政客也在滴血

堪稱是「天下第一刀」

惟刀郎無意「殺人」
也許　他只是將刀
舞得像閃電　也像是一聲暴雷
罷了

一雙鞋

一起走過崎嶇坎坷
人生路　不長也不短

若是走失了一隻
它　定會等在路的盡頭

再次配對　相陪相伴
繼續走　走它個三生三世

世界是一座鋼琴

沒有黑白顛倒
也就沒有「山歌寥哉」

假如世界是一座鋼琴
刀郎就是專注於彈奏樂曲
的
音樂人

有了黑白鍵
才能盡展才華
描述人生的怪象

並彈奏出胸中的抑鬱
不平

寒夜孤燈

「羅剎海市」像是一盞燈籠
懸掛在寒冷黑暗的世界

給人一點溫暖、希望
也表明了眾多生靈心中的
委屈　以及想說而不能說出
的話

一首歌　一盞孤燈
何止是淒美了人世間的
長夜

草書

猶如
心事
書寫在空中
沒人看懂

裊裊的炊煙
每天　一大早
就在那裡
抄經

亦喜亦憂

小孫女
比雨後的春筍長得快

詩人的時光
卻比冰淇淋溶化得更加迅速

不過
還是喜多於憂

I MISS YOU

升學。兄妹倆
不得不分開
每星期，只能見面
一、兩次了

妹妹哭嚷道：
I MISS YOU　哥哥!!!

時光的嬗遞讓人感到心慌
憂傷

請珍惜相聚的幸福

落日告別時
也會在海水中映出橘紅色的
心情

歲月的刀刻

上半生
刻一個「悲」字

下半生
刻一個「憫」字

餘生
用力在心底深處刻一個
「愛」

糖

名人說七月七日不是情人節
三月三日春暖花開　適合
談戀愛　那才是情人節

詩人笑了：
糖，放在哪裡
味道，皆是一樣
甜

是情人節也好
是乞巧節也好
心中有愛，天天都是「佳節」

兩隻蝦

昨天吃了一碗海鮮米粉
本來是兩隻蝦子　竟然
少了一隻

伊人說；真是的！

微笑：
想是物價騰漲
為了減少成本吧

哈哈大笑
依然吃得十分開心、滿足

讀蘇東坡

筆下
也沾染了豁達的笑聲
以及憂鬱的眼神

何止是觸動靈魂深處之弦

六行

不做沙場上
被蒙上眼睛的戰馬

不信歷史是
全然沒有修改的真相

但願飽經歲月滄桑
依然保持內心的安然無恙

答晚風

夜風問：
人說你是冷漠的
詩人。閣下有什麼話
說？

一片沉默。不是不屑
也不是傲慢

沉默。它是時間
會給出一切
的
答案

歷史會聽到。天地
亦然!!!

夜讀水滸傳之一

燈下讀水滸。未見忠義
只見心機重，算計深之
小人。以及清修之地廟宇
的黑暗

恍如險惡的江湖。也像
置身於「詩文壇」

金庸筆下的君子劍「岳不群」
到處都是。未知如何是好？
如何
是好？

夜讀水滸傳之二

水滸傳揭露的
是一個非常黑黯的人間

人性跟廟堂一樣黑暗
白道　竟然比黑道還要黑

讀罷　並不掩卷而嘆。只是
閉上眼睛　聆聽一顆心的
撞跳

相信　施耐庵先生
曾穿越時空　看到了現代
社會或詩文壇的情景
而在筆下反映了出來

他刻劃的，不止是古代啊

早安

晨起。只求健康平安
過日子像過橋一樣輕快

若是活不下去了
還能看淡什麼世事滄桑？
內心
又如何
安　然　無　恙　？

淒涼的月色

近日。吉林白山某公園裡
一對母子上吊自殺了

71歲的母親　癌症晚期
45歲的兒子　失業

臨終前
兒子曾跪著
似是感恩　也像是虧欠

林中
兩個卑微渺小的生命
是兩個驚嘆號!!
抑或是
詢問良知的問號??

靜

「清晨，念了九遍心經
心很安靜」她說

安安靜靜。一念不生

靜到聽見心蓮綻放
的聲音。聽見
觀音菩薩淨瓶中滴出
的
甘露

也聽見月亮向圍繞於四周
的眾星
說　法

生日

突然明白生日像是投石入海
激起剎那快樂的水花

活在這個世界　生日之慶祝
是須要的。它　激勵了繼續
活下去的勇氣

「行到水窮處　坐看雲起時」

生日也是一片雲。或會
讓你重新思考存活的問題
看
到

許
多
轉
機

念想之一

肚子餓了。突然想起星洲
「東北人家」美食

大雨連三天。心中
竟浮現一個清淨的人間天堂

念想之二

一直留著青春少年時
昂首望天的照片

也一直留著穿校服年代
漂亮女同學
給我的信
和
照片

有念想
就有活下去的勇氣、快樂

靈魂出竅

處身於黑暗中
沒有驚怕　因為習慣了

遠遠望見一團光
光中有母親的容顏

是接引嗎？去哪裡？
啊母親去哪裡　我就去哪裡
跟著她　陪著她
陪著全心全意的
愛

回望下界。也有親人的愛
與不捨　我說：不用傷心
憂愁。我活在你們的思念中

永遠在祈求平安。祈求世界
變得美好　適合生活

輪迴

下一世。仍會寫詩

自娛罷了。不再星子般
閃耀著光芒

無災無害　平安過日子就好

七行

寫詩不發表
也一樣可以自娛

峰頂之雪蓮不為誰而開
歡喜就好　在冷風中照樣
芬芳、美麗

管它歲月靜不靜好
人間荒唐不荒唐

老頑童

心如頑童
笑口常開

笑生逢亂世
人禍比天災多
笑戰火
烤肉般烤了
數千年
就是烤不熟
和平

笑她說生活太「苦」了
有你才有盼頭
也笑自己無緣無故流眼淚

亡人節　組詩

掃墓

墳墓增加了許多
上山　用蠟燭點亮孝心的
人　比去年少

十一月一日
不像是追悼先人的
日子　反而變成了出外
旅遊的假日

墓草說：沒關係
還有我們陪著亡魂

亡人節

菲律賓亡人節。未必是
和家人一起寄托哀思的日子

令人想起美麗的白沙灘
以及香港的廸士尼樂園

人走了。茶
果真涼了嗎？

墓園

歸天的人有關心有
愛

點亮感恩和懷念的
情

墓園之外　獨缺情和愛？

華僑義山

豪宅密布
竟是墓地鬼城

城外。依然存在著
簡陋木屋

來此觀光的遊客少了
也許是人間不平
見多了

沒有新鮮感

煙花

他們說，發射的導彈是
正義的煙花

令人想起迪士尼樂園璀燦的
煙花。煙花下沒有老弱、婦孺
或小孩的哭叫聲
一名淚流滿臉的詩人說：

寧願沒有正義、也不要什麼
煙花

松林下

咖啡廳。縱使人聲嘈雜
也只當作轟隆轟隆的瀑布

坐在角落。恍如坐在松林下
靜思、默想。得詩一首

手

手啊　只握筆
不握成拳頭

只豎姆指　不豎中指

只寫情詩、抄經。不放
暗箭　更不射殺小老百姓

舉筆為劍。也只是
為了

劃破黑暗的天空
洩下

一線光明

第三輯

最愛

美麗的晶石
可以擁有一生一世

真心的情愛
卻不止是陪伴三生三世

你說吧
何者
是詩人的最愛

小火爐

「煙台下雪了，很大
好冷！」她說

疫情稍退。人情
反而更冷了？

如何寄些亞熱帶的陽光
過去？如何讓妳
感到此心

紅泥小火爐般的
溫暖

月亮錄音機

靜夜。按下錄音機
諦聽整個人類世界的
聲音

翻來覆去只是一句話：

不要把我們卷入戰爭！

真與假

酒是假的　牛奶是假的
雞蛋是假的　牛肉是假的

只有饑餓跟戰火一樣真實

視頻中
一名男子跳樓的鏡頭

也是
真的

精神品質

世亂。生活品質不好
那就追求精神狀態
的
美好吧

多讀知感交融的
觸動靈魂之深處
的詩篇　精神品質也就
迅速
提高了

惟　真正的好詩哪裡找？
哪裡找呀？

月光溫柔

夜鶯問：
月光啊　你怎會如此

溫柔？

月光笑了：對人間的一切
無能為力
那就順其自然吧
倘若　心無所謂
更是可以隨遇而安

因而變得越來越溫柔了

廢城微風

「什麼是真理？
什麼是公義？」
浮雲問
微風說：
一具具童屍
及倒在血泊中的
婦女
皆是最有力的答案

我筆寫我心

寧願寫不討好的
明朗化的戰爭詩
也不寫滿紙技巧的
晦澀詩

表達出夜色般深沉的
悲哀、憐憫、憤慨

就好。這樣就好

憂鬱的深淵

豎起筆。一座山
赫然在目

不凌絕頂
也就不會掉入千古寂寞
的
深淵

仰天。長嘯

誰，不在
憂鬱的萬古深淵

和平那麼高那麼遠

何時
才能攀爬上去
站在峰頂
仰天
長嘯

抽象畫

畫室。用自己的觀點
審視、評鑑油畫的優劣

看不懂何妨。宛若評選詩作
憑一已之觀點　即可一語
定江山

管他什麼枝巧、內涵或深意

評鑑抽象畫。也像審判一場
戰爭　哪有什麼公理、正義
之標準？僅憑好惡即是!!!

一幀照片

從紅葉間窺見
白雪覆蓋的富士山

疑是身在夢中
亂世中哪有這樣的美景？

也只有心存希望
才能看到人生一切
的
美好

月光多情

大小樹。抓不住晚霞
宛如抓不住人間的溫情

也只有月光
每晚都來探視孤墳

也不管日子已經過去多久

三行

戰火不熄
筆下的詩歌也不停

千年萬年。或可一較久長

鋼琴

又等了一年。鋼琴
守著寂寞　守著
孤獨

其實。並非在等彈琴人

默默無聲。十萬首歌
全藏在心中
怡然自得

也沒有什麼
不好

註：商場有一座鋼琴，擺設在那裡，始終沒人彈奏。靜默無聲了多年。看到它，恍如看到自己。

與月亮對話

月亮問：
今生，寫了多少首詩

笑道：
三、五首吧

月亮輕嘆：
這麼少

哈哈大笑
我說：不多也不少

地震詩之一

吾友傳訊：

地震　現在
晃了幾下
頭就暈了

哈哈大笑
我說：詩人老矣

也許多晃幾下
會晃出一首驚天地
泣鬼神
的
經典

地震詩之二

吾友說：希望就此停止
晚上別再晃了，後果會很
嚴重！

未知是天災
抑是人禍較嚴重？

地震止住了
戰火卻更加熾熱！

歲月無恙

內裡
已不是易碎的
玻璃心

閱盡了人間滄桑
已經成鐵成鋼

輕撫著胸口
說：
你若不傷　歲月無恙

美麗的花朵

不求佛
也不求鬼神

你心中盛開著一朵美麗
的
善良

蝴蝶自會翩翩
飛舞
而來

第四輯

詩的新意

月光在湖面上寫詩
貓頭鷹說：
有象徵、暗示
還有各種各樣高明的
表現技巧

寒風
說：有沒有感動了誰？

貓頭鷹
笑道：了無新意罷了！

人之初

歷經滄桑之後
她問：人性是善
是惡？

親愛的。今天
不說善惡

看！這幾天
人性在戰場上展現的
淋漓
盡致哩

外星人的咖啡

筆　奇思異想

竟在愛因斯坦的面前
說：這位詩人
來自宇宙的深處
他就是如假包換的
外星人

伊人　插嘴道：
我是外星人的咖啡

詩人哈哈大笑
科學家也瞇著眼
笑

十九行

日昨。一位好友表示：

「你是很好的人，也是很好的
詩人，寫過很多雋永精品，
即便不再得獎也無損你的價
值與位置。」

在時間的長河中。人
太渺小了　即便有價值
與位置　也不可能成為
「永恆光影」

何況我心中追求的
並非永恆光影中閃爍的
生命
與意志

一生一世追求的是
在詩中獻出自己　獻出
愛心　期望像菩薩一樣為人
指出一條路

並幫助有緣人「離苦得樂」
如斯而已

母親節。遠方有炮聲

戰爭　一片落葉
擊碎了春夢

母親的淚　草葉上的
露珠　欲滴未滴

一聲聲嘶心裂肺的
炮火聲　轟炸聲

全天下的母親
都
聽見

耐讀的詩

一晃就老了
老了，就老了
有啥了不起？

詩不老，青春就不老

再過個三、五百年

還是
不老

枱燈問

暈黃燈光
問：天天在詩中修行
究竟獲得了什麼？

柔聲說：沒有得，只有失

失去了一些
貪、嗔、痴
也失去了一些
無明煩惱

——2023

想妳。思念櫻花

暈燈下
半醒半睡間
見到搖曳的白櫻

化成了含羞的
美媚。自回憶中
輕盈地
步了出來

高雅。靈秀
柔情。溫和
及善良
竟馴服了詩人野風般
的

桀驁

——2017

愛情隔離

滿天燦亮的星子
看似親近
實則相互隔
離

惟
兩顆心愈隔離愈
貼近

Omicron

坐在咖啡廳的角落
想起不斷變異的omicron
想起人心　想及生命
甚至記起了愛情

變化是正常的
哪有不變化的白雲

唯一不變的　是愛
母親的
愛

——2022

肩膀

「我喜歡
有擔當的人」
她說

窮雖窮。銀行裡
沒有大筆存款

卻有肩膀
擔得起人生的
苦難

估計
也應該經得起戰爭的洗禮

活得透徹

香港四大才子已走了三個
只剩下高齡的蔡瀾

他活得透徹　開心自在
早已將資產換作現金
住進豪華酒店　還僱了
八個人　包括醫生　按摩師
專門為他服務

他將一生所藏的珍貴字畫及
好書　全部贈送「有緣人」
心無牽掛　天天享受人生

多年前。吾人早已將所獲
十多種獎狀、獎牌、獎座等
連同多箱好書　一併送給了

台灣「文訊」。也送了一些
絕版書給一位金門教授

跟蔡瀾先生一樣活得透徹
豈不是很好?!

唯一不同的
是詩人心中憂思日增
更想伸手摘下「落日藥丸」
罷了！

劍。圓球

曾告誡自己：寫詩就寫詩
不要以文字惹禍

然而行走江湖。路見不平
或者看到不順眼之事
豈有不以筆
代劍的時候？

有些諷刺詩
便不由自主的在筆下
流露。因而得罪了一些人

蘇東坡之所以一再的被貶
也是因為個性使然吧

想一想。既然人在江湖
也就不怕受傷
或者什麼「暗箭」了

寧願自己是一支劍
也不願是一粒圓滑的
球

詩的拳擊

跳著。舞著
閃躲著　變換著
各種各樣的
技巧

也讓你看到
什麼是
快、狠、準

最後
一記重拳

完美了

一首詩

晨起的感恩

清晨。陽光燦爛
宛如心中充滿了感恩

感恩今生所經歷的美好
與苦難。感恩陪伴人生路的
親情、友情、愛情

尤其感恩賜給我一個貼心的
美麗女兒　還有一個古靈
精怪的小孫女

這一趟人生之旅
滿滿的美好回憶。還好
有詩九千
回報敬愛的天地
冥冥之中
累世因果的安排

石生千年古樹茶

生命啊　一杯難得的
「石生千年古樹茶」。宜於
慢嚐、細品

苦雖苦
卻苦出三、五首傳世的經典
也可能
苦出一首驚鬼神的
詩

那是無盡的餘韻啊！

（感謝金財兄贈茶！）

第五輯

幸福的人

聚會。老同學說：
談一次戀愛　生一個孩子
寫一本書。才不枉此生

另一位說：發大財　娶水某
一定要幸福！

心想：全世界
每天有294，521個人
躺在醫院的病床上
有超過15億以上的人口
生活在溫飽線以下
全球每年約有4200萬人
死於饑餓。而人間的戰爭
從未停止　每天約有8100
萬人死傷……

現在。你平安、健康地
活著　不就是「幸福」的人？

好人。壞人

晨起。洗臉、梳頭
把嘴角詭異的笑　及暗箭
統統收藏起來。然後
對著
鏡子說：

這世上
為什麼壞人那麼多？

歲月不老

都說「心若年輕，歲月不老」

常感到自己尚在踢毽子
尚在校園裡踢球　在上課時
偷看金庸　兼且暗戀著女生

彷彿尚活在母親每天的
牽掛、關愛中。尚在練
少林五祖拳　偶爾跟菲人
在街頭打鬥。而且開始寫詩

一寫千年！歲月不老！

落日下山了

日正當中。太陽
只在大海的鏡子裡
看到他自己的光芒萬丈

直到下山時
落日　才紅著臉
看到海岸上
那麼多愁苦的
臉

那麼多愁苦的生命

老鷹精神

小孫子。讀中學了
悄悄加入校園的
「護生協會」　做了秘書

非常喜歡小狗狗。知道
我將Hugo送人　甚是心疼

問我：要怎樣渡過此生？

詩人告訴他：人生
是十分坎坷的路。要有毅力
要有老鷹的精神

「無人扶我青雲志
孤身亦可登崑崙」

落葉般的嘆息

一隻小鳥。把蟲子
塞進老鳥的嘴裡

這一段視頻看了多次

想想身邊有子女的人
大都變成了無依靠
的
孤單老人

幾聲嘆息
就像落葉般飄墜在地上

略帶憂傷的椅子

一張椅子。可以看盡
從早到晚的人生

我的這張椅子。每天有詩
八、九首

也許。沒有它
一切皆是幻覺
豈有什麼戰爭的洗禮
豈有層出不窮
的
人禍

不過。沒有它
又將如何刷出自已的存在感？

筆的悄悄話

以前。喜歡在高樓的
頂端　獨自一人在池中游泳

現今。卻喜歡在樓下的
咖啡廳　靜坐於角落寫詩
或是靜觀
生命的律動

筆說：現在
詩人更接地氣了！

晚霞冰淇淋

腦際總浮現愉悅
畫面：

國泰民安　天下太平
人間一片歡樂的氣氛

詩人的憂愁
也跟晚霞一樣
逐漸溶解了

風雨交加之夜

晨早出門。在路上
撿起一把雨傘

破了！雨傘破了呀！

破了就破了
骨
仍在

有骨頭就好！

善良的人

現今，許多年輕人
都不願意結婚、生孩子了

一名親戚嘆息道：
兒子都快五十歲了
還不想結婚……

她想知道詩人的看法

大笑三聲
我說：滿街都是善良的
年輕人。他們
都太善良了！

詩後：女作家張愛玲說：
「如果孩子的出生是為了繼承自己的勞碌、恐慌、和貧窮，那麼不生也是一種善良！」

夜航

從客機上　俯瞰下界
才發現這煙火人間　的美麗
與
淒涼

它是心中永遠的牽掛
事事值得
也事事不如意

活著。並不容易
只能像美麗的萬家燈火般
那麼堅持地
亮著

快樂的父親節

父親節。兒子來電話
想請老爸去大飯店
吃牛排

有這個心就好。詩人
說：不了！
喝一杯茶吧

一家人和融融就好
平安　　　　　健康　　　　　快樂
就好！

今晚的小雨

窗外。下著小雨
像一個躲在角落哭泣的
小姑娘

如斯亂象。這樣的經濟環境

很配！

生日的祝福

祝福今天生日的人
都平安、快樂。都有個
溫馨的家

生而為人並不容易
有個溫馨的家
可以安放一顆疲累的
心

更不容易

生日宴會

參加世界這一場「生日宴會」
人人臉上都是幸福、快樂

宴會之後。各自消失於
時間的深處

可笑的是
竟有人
在歡樂的時光中

吵架。甚至
互毆起來

哈哈哈！

生日。天下第一大事

幾乎人人都重視生日
貧窮　也要借錢慶祝一番

尤其是樂觀的民族
更視生日為天下第一大事

未知「生而何歡」？
對這個世界有何意義？
是否
增添了一道
美景？

一窩小鳥

創作了一張圖畫
小孫女說：想不想看

伸手
欲取來細看

一聲驚叫。她說：
小心！
畫中有一窩
小鳥

渡假大雅台　組詩

渡假大雅台

高溫天氣56度。逃往
山頂大雅台火山湖附近的
林區。就當作是「避秦」吧

紅塵世界太亂　紛爭不斷

山中清靜多了。除了美麗的
花園外　還有啁啾的鳥鳴
飛舞的蝴蝶　和霧中迷人
的湖中湖

火山保持沉默。不到忍不住
人間的污亂　不發爆發

你靜坐在石椅上。讓湖光
山色　逐漸洗去滿腹的憂思

小花含情

大雅台風景怡人。世上
哪有比它更優美的地方？

一朵小花
柔聲說：豈有
比心中的善良更美
的
景點？

心情怡快

建築在山區林木深處的
大酒店　非常幽雅、清靜

服務生大多臉帶笑容
彬彬有禮　沒有面目可憎之
人

剛步入花園。就聽見百花
在風中歡樂的笑聲。似乎是
不識什麼「人間愁」

你的詩思。可以隨著蝴蝶
翻飛　或者小蝸牛般慢慢地
爬動

看！湖中湖的火山
也在笑著歡迎詩人的
蒞臨呢

Taal活火山

站在高處。望著
湖中的火山　竟然像是
發現了自己

傲然挺立。默默無言

若是以為
它沒有脾氣　或者沒有
個性
那就錯到北極去了

人間宵小
千萬不要觸怒火山啊

園中練拳

清晨。在鳥聲中打拳
小紅花問：在幹嘛？

笑道：降龍十八掌
說了　你也不知道

小花笑了：
我練九陰白骨爪

花醫迷人

園區。長了那麼多
奇異的花卉

看人　不如看花

馨香美麗是真的
嬌態是真的
花醫也是真的
如假
包換

幾乎真得令人懷疑人生

Tagaytay的星辰

遠天的星子。火種般
點燃了希望

這顆心。也可以化成
詩的火種　不僅僅是點燃
希望

游泳池。火山

長型的游泳池。彷如
漫長的人生　或沉或浮
都要儘力游過去

我以自由式游泳。不要什麼
蛙式、蝴蝶式。自由就好

決定游過泳池
游入湖中　游入湖中湖
去觸摸火山

啊我心中
那座安安靜靜
的
活火山

山城黑咖啡

一面喝咖啡　一面
遙望著湖中湖的火山

發現火山也在悄悄望著我

也許。火山正在猜想咖啡的
滋味　卻不知苦澀雖苦澀
竟然帶著後韻

苦亦甜　甜亦苦的人生

平靜的火山

火山跟湖水一樣
平靜。內心卻翻湧著
憤怒

火山　藉著涼風
說：

願人間沒有怨聲
沒有饑腸　也沒有不平
願我永不爆發

知否
平靜中醞釀著至大的
不平靜

凝望火山

爆發時。是否
也會興起千丈的
湖水　一鼓作氣地
淹沒人間
的
戰火

是否會從此天下太平？

萬事萬物皆是心念之所化成
詩人有此「一念」啊！

山中的感悟

白雲藍天。是心緒的
投射　再怎麼不堪
人間還是那麼美

有情的地方最美。人間
何止是有情有愛　還有憐憫

和

一顆大悲心

藍色的星球

「詩人真心疼愛這顆不堪的
藍色星球嗎？」她問

最疼愛小孫女了
愈來愈惹人喜歡。那麼
天真爛漫　那麼愛笑
偶爾發點小脾氣
或者貪心一點
又何妨？

我真心憐惜、疼愛小孫女

詩的意境

在浩瀚的宇宙中
銀河系只不過是眾多

塵埃中之一　而我們的
地球　更是比細菌還要渺小

「還有什麼可以超越宇宙的
浩瀚無垠？」她問

你微笑。寫了一首詩
用意境將整個宇宙
包容了下來

星洲　組詩

——可媲美地心引力的，是親情引力。今突破全球嚴峻的疫情，
　　重遊星洲，不禁感慨萬千。

客機上

升到白雲的高度
機上的乘客　再也看不清
下界了

是啦
凡是高高在上的
都看不見人間

的
疾苦？

窗外
一片白茫茫
也許　你只能看到自己的
空無

雲海之間

別問
飛機餐好不好吃？

要問　就問
人間餓殍知多少？

機上的咖啡

杯子裡
沒有咖啡　只有濃愁

恍如微笑中　高醇度
的
憂傷

疫下。情意綿綿

一躺下來
三年前躺過的
床　立刻將詩人擁入懷
竟似有久別重逢的喜悅

床啊床
有情如斯　況乎草木

年紀愈大愈感受到
上蒼的恩惠
而人間有情
生活再苦
也就敢于面對了

半夜的星洲

醒來。窗外一片寧謐

沒有紅塵的喧囂
也沒有槍聲、砲聲

人間太平
歲月靜好
赫然　就在目前

藥房

一進入星洲這家內科針炙
藥房　即刻看到一塊牌匾：
仁心仁術

觸目驚心：現在還有這種
醫德？恍若看到高山絕頂的
雪蓮

走遍千島之國　皆未發現
醫德如斯者。今日有緣一見
怎能不驚喜、感動？

願天下到處都有雪蓮　而且
隨手可以採擷

星洲肉骨茶

不吃肉骨茶　哪算來到星洲
宛如不看岷灣落日　並沒有
來到浪漫的椰島

多來幾碗吧。補回三年疫情
的肆虐　而未能暢遊獅城
的
遺憾

人生無憾最是舒心愉悅

八八父親節

今突破全球嚴峻的
疫情　重遊星洲。我自己
即是女兒的禮物，

她嘴角的微笑。也是送給
父親
最好最欣慰
的
禮物

植物園

倘若今生
只是來游園、看花
時不時聞一聞花香
該有多好！

繁花也競艷
只是　它們沒有妒心
不會互相排擠　甚至互相
殺戳

這世界
若是一個和平而靜謐
展現了春景的香甜　如斯
美好之植物園
該有多好！

動物園之一

飛越千山萬水。揭開面具
讓大小動物細看：人的慈容
和大體同悲之心

不必對每個人都露出
怯怯
戒備的
眼神

動物園之二

重來動物園
前次與今次之間
相隔十年

其間發生了幾場大戰爭？
喪失了多少來不及看清世界的
生靈？

動物們都無恙吧
這裡有毒蛇
也有凶惡的猛虎、獅豹
唯獨沒有咬牙切齒的政客

是啦
它們都不會點燃戰火

聖淘沙的黑咖啡

日子啊
一杯黑咖啡

苦澀　卻不難喝
喝著喝著
憂喜的　悲欣的
往事
也就一一浮現在杯中了

疫情三年
每個人都有故事
而杯子裡的黑咖啡
都耐品味，

胡姬花飄香

國慶日
胡姬花都露出笑容
每一片陽光　皆喜氣洋洋

宛如吾心　今日會見了老友
一直笑聲飛揚——

時光倒流。回到數十年前
好漢們都英氣勃勃　筆下
無不奔馳著一匹快馬的
年代——

爾今　時光老了
老就老了　那又如何？
只要友情恆在　笑聲不停
心頭的胡姬花芬芳開
萬代不朽就好！

三行詩48首

浪花

心緒起伏跌宕。舉筆
一揮　竟然滿紙浪花

朵朵是悵愁　抑是憂思

情

飛過了　蒼鷹說
我不在天空留影
心湖的倒影　也不留

點亮詩

拍了幾張照片
天色　也就昏暗了

越昏暗越想點亮心中的詩

活著

活到今天　感覺如何？
剛剛發現貼在臉書上的
詩　有錯字

一生

躲不過光陰的利箭
帶著傷痕　倦鳥
披晚霞的彩衣歸巢

即景

大海對落日說：
心中只有一個你

此時。月亮已悄悄露出雲端

憐憫

草葉上
滾動著幾滴珠淚

夜裡。菩薩悄悄來過

一彎新月

伸手。摘下天上的彎弓

嗖的一聲
射中了人間疾苦

煙台

夜裡　乘著夢飛越千山
萬水。她柔聲說：左邊
最最貼近心臟的地方

看雲

雲朵相會。商討、醞釀
一場潤物無聲的急雨

雲朵不相互廝殺，也無陰謀

月兒彎彎

黑暗遼闊又怎樣？

詩在哪裡
就亮到哪裡

人生風波

大海　滔滔滾滾　浪濤拍岸

今日。在客機上俯瞰
竟如杯子裡小小的風波

四蹄翻浪

孤寂啊　一望無際的大草原
沒有大草原　這匹
詩的汗血寶馬如何飛奔？

沒有埋怨

一聲嘆息：除了
睡覺外　就是盯著她看
真想做你小心呵護著的手機

墓誌銘

縱有詩三千　也改變不了
什麼。惟　這裡躺著的
是永不磨滅的詩心

徹夜無眠

憂愁。苦惱

晨早進厠所
馬桶竟說：放下

竹林

思念是一株日漸長高的竹子

爾今。已是滿眼青翠了
妳說吧　究竟有多少相思？

天堂與地獄

見到炊煙　你就看到了
天堂。見到硝煙
你就看到了地獄

活著真好！

一位醫生說：活著比過年好

晨光，及花草樹木都跟詩人
一樣，以笑靨回應

微塵

蒼穹浩瀚。你只是一粒微塵

微塵的心中
卻容下了整個宇宙

詩與風暴

詩　未能平息大風暴
卻讓你內心趨向平靜
等候天空放晴　晨鳥啁啾

美人

對著鏡中人說：妳啊
怎會那麼美　美得令人想哭

嗡的一聲，一隻蚊子暈死在地

千丈雪

礁石越堅硬　越是激起
浪濤的飛濺。詩　越難寫
越想激起心中的千丈雪

天問

衛生部：醫院將被新冠病人淹沒

這顆美麗的星球
會不會被眾生的淚水淹沒？

駱駝穿針眼

時光是駱駝。詩是針眼
人老了　不妨坐下來
笑看駱駝　怎麼穿過針眼

駝鈴

孤獨是荒漠的大戈壁
除了狂風沙　只有詩
淒美的駝鈴　陪我不停地走下去

雨中小紅花

許諾來生，要再相會
那是妳嗎？窗外綠葉間
一朵深深凝眸的小紅花

失題

黑夜裡。街燈是
一種奇跡　你啊你
焉能不鑄造輝煌？

宅家小日子

種春天　養鳥鳴
心很簡單。人
看似糊塗　活得還像自己

敢於夢想

一滴淚，夢想洗淨
整個世界。恍若一首詩
夢想療癒傷痕累累的人心

風高浪急

既然疫情又海嘯般來襲
那就推出心中的木舟迎戰吧
任由傷感跟夜空的星子一樣燦爛

歲末

疫下又過了一年。不說什麼
只笑著，敬辛酸的故事
三杯酒，不讓星光在眼眶閃爍

小火鍋

今晚。吃個小火鍋　感受到
遠方戰火的熾烈。各種菜餚在
水深火熱中掙扎……尚能吞嚥否？

一場好夢

夢裡。喜見病毒消失如退潮
醒來。發現心花　竟跟山城的
奼紫嫣紅一樣　肆意怒放了

給妳

思念如鬍鬚。剃了再長
長了再剃　沒完沒了。今生
剃掉的鬍鬚足以繞地球三圈

人間有情

青山對綠水說
你是你　我是我

綠水笑笑　繼續映照著青山

絢爛

落日　不為眾海浪的掌聲
而絢爛。你不為點擊率寫詩
黃昏時　霞光萬道就好

抽煙的老人

什麼是人生？
他笑了：把煙圈吐得更圓
更完整

晚霞千丈

看美麗的雲霞
變幻無常

雲霞看我　也應如是

客機上偶感

在高處　看不到人間疾苦

努力往上爬。有誰
管它看到看不到

煙圈

片刻即消失了
仍盡量吐得更美更圓
寫詩也一樣

時間的腳印

墓碑是
時間深深淺淺的腳印
沒人知道它的去向

問墓草

詩的載體是文字。哀思呢？

晨光中。墓草說：
鮮花、水果、燭火、冥鈔

燈下讀詩

稿紙是宇宙。詩是
太空船　遨遊天外天之後
又回到心中

問雨驛

怎能遮住烈日　怎能
在雨中開成一朵美麗的小花　？

雨傘說：我有骨！

問人生

老同學見面。不問容顏
無改　卻問人生如何？

你笑了：這杯咖啡有點苦

百層高樓

至尊高度的大樓　傲視全城
對星月說：我是無可比擬的

地震聽了　笑得合不攏嘴

浪花飛濺

沒有風　竟起浪。腦海中即開
即滅的浪花問：愛什麼　恨什麼
執著什麼　放下什麼？

給小孫子

小孫子學校成績優異
獲得第一名

心中安慰。囑咐他低調
像小溪一樣細水長流
不要驚醒林中的大小動物

安安靜靜地讀書
好好地做人
用你的數學專長
促進科技的長足進步
及

人類的和平

憂鬱的詩人

在硝煙瀰漫的世界裡
生活。你天天寫詩
似乎充滿了濃厚的詩意

是否覺得安適快活？

如果詩是反映現實的
鏡子
你是否變得更加
憂鬱？

封劍

封筆了。猶如魚腸劍
收入劍鞘 不露鋒芒
也從此
不見了血光

一支筆。改變不了什麼

只能留下幾首詩
見證人性

的
不堪

以及世上生靈之大美一一情

宇宙之外

宇宙是光能夠到達的地方
不能到達的
即是宇宙之外

詩人渴盼
置身於
核彈爆炸的火光之外
及太空戰
之外

極限長征

日昨。看了一部極限長征的
電影「Arthur The King」
講述勵志完賽過程撼動人心
的電影

四人一狗組成的團隊。歷經
驚險刺激的極限運動過程
體現了永不放棄的精神
即使是700公里遠　也
無畏無懼　一路長征到底

恍如人間魚金像詩獎的長程
詩比賽

回想自己一路寫詩的過程
也是歷經許多挫折的：
被打壓、被孤立　甚至
被載過紅帽子

好在吾人愈挫愈勇。永不
放棄詩　及多位好友雲鶴
林泉、李怡樂與夏默的鼓勵
還有楊宗翰兄來菲時　答應
免費為我出版詩集——才能
堅持詩寫不斷

不擅說話。心中除了感激
與感恩外　別無其他了

一首長詩的句號？

一首詩。寫了數十年
也該完篇了吧

黃昏。也有收起燦亮的霞光
的
時候

今生。一共獲得了十多次
海內外重要詩獎。此次又獲
台灣人間魚第四屆金像詩獎
第二名。甚為高興！

「金像獎」或將成為這首長詩
的句號。世界啊！我終於
有了一份像樣的「獻禮」！

心中。是滿滿的感恩！
感恩種種的磨難
感恩真誠相待的朋友
也感恩敵人與仇人

合什！世界啊
容我深深深深的
一鞠恭

不過。想了想
還是要說：得獎未必是
句號！

註：多年前，徐望雲兄曾在台免費為我出版詩集，雲鶴兄也在大陸為我出版詩集。特在此言謝。今生得詩萬首左右。以此獻給敬愛的「大地母親。」另，在此，還要感謝侯建州教授，撥冗代我參加人間魚詩社年度金像獎頒獎典禮，並代為領獎。

欣喜與欣慰

今天收到人間魚獎座、獎狀
深覺欣喜

獎譽。是寫了兩千多首詩
參賽，歷經多重關卡之後
獲得的。得來不易啊

海外詩人的作品。雖曾被人
視為「邊緣文學」　惟我們的
創作不斷　即使在戒嚴時期
沒有投稿的報刊　也在艱辛的
環境中筆耕不輟

今次拙作獲得國內的肯定
怎能不感到欣慰？

願今後海外的作家詩人
多多參加國內的活動
讓我們的作品
給更多的人看到！

——2024年7月26日
寫於菲京

後記／我的詩創作歷程

陳和權

今年（2024），我榮獲了第四屆人間魚詩社年度金像獎第二名。這是對我寫作能力的肯定，是對拙作的思想、觀點的認可，更是鼓勵我今後繼續努力創作的動力。據說，拙作將拍為詩電影。「將詩影像化」，使平面詩立體，成為有聲有色的動態生命體，是值得提倡、推廣的創新之舉，必將大大推動詩學的新發展。

我是在菲律賓土生土長的華裔，喜靜、寡言、不愛交際。但對生活中所見所聞，總能敏銳引發感觸，則以長短句形式記錄下內心的感受；結合自己的奇特想像與聯想，便成了詩。當然，個人的情緒和看法自然而然融合於其中。於是既有「感性」的抒情，又有「知性」的理趣，以及無限想像的空間。

上個世紀六十年代，台灣詩壇大老覃子豪老師來菲，在「菲華青年文藝營」講授現代詩。當時我是最年輕學員，年僅十四歲。華文現代詩是我最早接觸的文學。就此我加入詩海遠航大軍，至今仍不退休。

如果說，我在詩中有什麼主調的話，它應該是對苦難人生的悲憫，對貧富對立的厭煩，對親人的愛戀，以及對戰爭的增惡惱恨！

寫詩，我奉行「美、善、真」，並承接中華詩學的優良傳統。美：詞句順暢，意境美。善：技巧新，邏輯通。真：情感真，詩藝真。吸取前人詩藝精華，活學活用力求創新。「真」為首。詩言志，「志」因「情」而發，情因真而感人。故而，「詩緣情而綺靡」（陸機〈文賦〉）。

我曾以深情寫下〈落日藥丸〉：

憂思天下，或許
不是癌症一般的
難以治療
只要
伸手取來落日藥丸
就著洶湧的海
暢快地
送下喉嚨

這是我偏愛的一首短詩。它簡潔而涵蓄、憂思卻不悲傷。台灣前輩名詩人瘂弦老師說，每看到夕陽都會想起這首〈落日藥丸〉，真是一首令人難忘的好詩。多年前，侯建州教授在太平洋國際詩歌節，激情朗誦〈落日藥丸〉，搏得全場熱烈的掌聲。

「落日」，世上最神奇的詩意藥丸，能否治療「憂思天下」這種怪病？耐人深思。

我欣賞白居易的詩風，詩語言通俗易懂，取材於現實生活，反映現實狀況。我認為，公開發表的詩作，要讓讀者明白字面上的意思。標新立異的做法，會造成讀者理解上的困擾或「誤讀」。文字意思清晰，以便讀者仔細品味詩句的言外之意，享受讀詩的樂趣；此外，作者投入真摯情感，讀者對詩中的描述才能感同身受。

以下介紹幾首拙作：

〈綠豆湯〉

好久沒喝綠豆湯了。思念

母親，卻比思念綠豆湯更甚

還有機會喝到它。因為情深
意重，老人家等在銀河岸邊

「綠豆湯」代表母親養育自己的食物。民以食為天，思念母親遠勝綠豆湯，由此可見思念之深。

兒子認為「還有機會喝到它」，而母親「等在銀河岸邊」，表示母子「情深意重」，下輩子還為母子。

〈漣漪〉

夜深時分。多情的月光
打破寂靜　在心湖中漾出
一圈圈思念

微風聽見　蘆葦花也聽見

這是我描繪「思念」的一種技巧。月光自古以來就是激活思念的神器，它「打破寂靜」並且在「心湖」漾出「一圈圈思念」。無形的思念顯現出具象和聲響（哭泣？輕嘆？）。

蘆葦花，寓意著對家鄉或親人的相思。其花期在仲秋。如此，詩中的場景便增添了深夜秋月的淒涼。

詩中所思念的，非單一的對象。「微風」、「蘆葦花」擬人化了，都「聽見」遠方發射的思念。那是被思念者的心靈感應？或是量子糾纏？留個空間給讀者發揮各自的想像。

〈三世輪迴〉

與疫情　隔著口罩
與財富　隔著良心
與天上的母親啊　隔著
淚光

與煙台　隔著夢
與牽掛、憐惜的人
隔著
三世輪迴的
相思

而相見　隔著夕陽下的荒塚
新墳

此詩，是思念之餘的感悟。

口罩隔離了疫情的侵襲；良心阻隔了為富不仁的念頭。當母親不在了，只能隔著「淚光」仰天長嘆。

思念遠方的人，惟有約會於夢中。愛而不得的雙方，憑一句承諾期待下輩子輪迴再相逢。清明節彼此相見，卻是一個在地下面另一個在地上方。「隔」，是冥冥中的定數。

〈菲律賓畫家心靈之音〉

一踏入畫廊　即望見
月亮　山海　礁石

花花草草　以及村婦等
都在聆聽一片遼闊的寧靜

靜到聽見畫家情緒的波動

連顏色都在說話。訴說著早年
純樸的生活　豐收的快樂

俱往矣。現在哪裡還有什麼
太平盛世　除了戰火擴散之外
就是天災不斷的侵襲

也只能在畫廊裡　才能
尋找到片刻的寧謐了

這是觀覽畫廊有感而作。畫家筆下的祥和、寧靜，不僅僅是菲律賓老百姓昔日安逸的農耕生活，也是全世界愛好和平的人們，所嚮往的生態環境。

在「戰火」、「天災」齊發的當下，畫家把自己「情緒的波動」，展現給世人，用心良苦啊！他期待著引起「內行人」的波動效應。（外行人只欣賞繪畫技藝）

現實特殘酷，無錢無權的詩人只能望畫興嘆，或冥想自身在畫中。

〈核冬季〉

用一支筆

丈量人類的戰爭

戰爭笑了：愈丈量戰火愈
猛烈

一枚核彈柔聲說：
別擔心
冬季來臨時
戰火　也就永遠
熄滅了

反戰，筆伐戰爭，像「秀才遇到兵」之無奈。常言道：「以毒攻毒」。動用核彈以戰止戰，肯定能結束戰爭，但也將終結了人類，再次發生戰事，將在數萬年之後。

這是舉重若輕的寫法。

〈當鋪〉

很想大踏步
進入當鋪

啪的一聲
將生活的壓力
疫災的肆虐
以及戰火的蹂躪
全摔在桌子上

當了

「生活的壓力」、「疫災」和「戰火」，每一項都是天大的難題。

「當了」。以豪橫的語氣結尾，加強氣勢，且略帶詼諧橫生詩趣，是全詩的亮點。理想和現實的矛盾，只好以詩的形式，戲劇性解決。

「幾年前，和權曾寫一首〈落日藥丸〉。以『落日』為藥丸，治療『憂思天下』的憂思病。令讀者拍案叫絕！而今，和權要用『當鋪』的方式，根治這全球性的『痼疾』。大格局，真是神來之筆。」

——本書序〈恪守信仰的詩人〉李怡樂

〈鋼琴〉

靜靜的，一架鋼琴

宛若一個詩人　那麼沉默
沉默中藏著青山、綠樹
藍天、白雲。還有炊煙
以及小橋、流水、人家

鋼琴，黑白分明的音鍵沉默，是因為它內涵廣博，不輕易發聲。雖然貝多芬、蕭邦是它的知己。它卻也熟悉「梁祝」，認識郎朗。

是的，它沉默時，很像是一個學貫中西的菲華詩人，低調地靜候知音的到來，創作出雋永的經典。

〈繪畫〉

畫　小孩
畫　盪鞦韆
畫　一個母親
嘴角掛著笑
畫　導彈
畫　一片廢墟
就是畫不出
牽著的腸
掛著的肚
以及藏在淚眼中的
痛苦

可繪製的是具象，如靜美的風景；戰爭留下的殘骸。無法繪畫的是抽象：如愛。它變幻著，時而是心花怒放的快樂；時而是牽腸掛肚的痛苦。

感情最難懂，更別想畫它。

當今的社會現實，也是時刻在變化著，詩人的筆在現實面前，雖然顯得脆弱無力，卻必須正視它、揭露它，警醒世人，傳遞正能量，給予希望。

菲華文壇曾有一段繁榮時光。一個個文藝社團相繼成立，寫小說的，寫散文的，寫詩的（現代詩、格律詩），紛紛藉報社創辦「副刊」，華文作品如百花盛開，熱鬧非凡。

這期間，我與菲華幾位詩友創立「千島詩社」。由我，林泉，月曲了掌編《千島詩刊》第一期至二十六期（共編兩年半）。而後，由於某些原因，我脫離「千島詩社」，與林泉、一樂創立「菲華現代詩研究會」，並主編《萬象詩刊》。二十年，每月定期在《聯合日報》整版刊出。與林泉、李怡樂（一樂）合著《論析現代詩》（再版更名為《華文現代詩鑑賞》），是至今菲華唯一提供現代詩鑑賞的書籍。我始終筆不離手努力耕耘，出版了二十三冊個人詩集。看它們並肩站立在書櫃裡，我記起一句：「最美夕陽紅」。

創作熱情過後，因種種原故，菲華文壇執筆者逐漸減少，文藝交流也沒有了。在遭受新冠病毒侵襲之下，幾乎全部停頓。近年來，菲華文藝似乎只有「現代詩」在撐場面。欲恢復元氣，談何容易！

我默默地寫下：

〈詩〉

一首詩
一塊晶瑩的
冰
融化之後
你，是否聽見了
解凍的
那一聲
歎息

一首詩，是由零散的單字組合而成。冰，是由不定形的液體凝固成一塊堅實固體。將「一首詩」，理解為一個文藝團體或文壇，這樣就可讀懂，且感受那聲「歎息」的無奈。

世事難料。杜甫說：「蒼天變化誰料得，萬事反覆何所無」（〈杜鵑行〉）。

和權寫作年表

一九六〇年代	加入辛墾文藝社。努力於寫作及推動菲華詩運。
一九八〇年	詩作入選《中國情詩選》，常恩主編，青山出版社印行。
一九八五年	與林泉、月曲了、謝馨、吳天霽、珮瓊、陳默、蔡銘、白淩、王勇創立「千島詩社」。與林泉、月曲了掌編《千島詩刊》第1期至26期（共編二年半。不設「社長」位。和權負責組稿、審稿、撰寫「詩訊」、校對，以及對台、港、中、星、馬、美、加等地之詩刊的交流）。
一九八六年	擔任辛墾文藝社社長兼主編。
一九八六年	榮獲菲律賓王國棟文藝基金會「新詩獎」，評審委員：向明、辛鬱、趙天儀。
一九八六年	出版詩集《橘子的話》，非馬、向明、蕭蕭作序，台灣林白出版社刊行。
一九八六年	為菲華詩選《玫塊與坦克》組稿，並撰〈菲華詩壇現況〉。張香華主編，林白出版社刊行。
一九八六年	詩作〈橘子的話〉，收入台灣爾雅版向陽主編的《七十五年詩選》一書。張默評語：結構單純，引喻明確，文字淺顯，但是卻道出了海外華僑共同普遍的心聲。

一九八六年　應邀擔任學群青年詩文獎評審委員。

一九八七年　英文版《亞洲週刊》（Asia Week），介紹和權的《橘子的話》，並附和權照片。

一九八七年　加入台灣「創世紀詩社」。

一九八七年　脫離「千島詩社」。與林泉、一樂等創立「菲華現代詩研究會」。主編研究會《萬象詩刊》二十年（每月借聯合日報刊出整版詩創作、詩評論等。從不停刊）。

一九八七年　《橘子的話》詩集榮獲台灣華僑救國聯合總會華文著述獎「新詩首獎」，除頒獎章獎金外，並頒獎狀。評語：寫出華僑的心聲及對祖國與先人的懷念，清新簡潔感人至深。

一九八七年　詩作〈拍照〉收入《小詩選讀》，張默編，台灣爾雅出版社出版。張默說：「和權善於經營小詩。『拍照』一詩語句短小而厚實，敘事清晰而俐落，……其中滿布以退為進，亦虛亦實，似真似假的情境，……有人以『自然美、純淨美、精短美、親切美、暢曉美』（姚學禮語）來稱許他，亦頗貼切。」

一九八七年　台灣《時報週刊》769期，刊出和權撰寫的〈獨行的旅人〉（作家談自己的書。我寫「你是否撫觸到衣襟上被親吻的痕跡」），並附和權照片。

一九八八年　與林泉、李怡樂（一樂）合著詩評集《論析現代詩》，香港銀河出版社刊行。同時編選《萬象詩選》。

一九八九年　二度蟬聯菲律賓王國棟文藝基金會「新詩獎」。評審委員：蓉子等。

一九八九年　獲菲華兒童文學研究會、林謝淑英文藝基金會童詩獎。

一九九〇年　大陸知名詩人柳易冰主編的詩選集《鄉愁—台灣與海外華人抒情詩選》（河北人民出版社），收入和權的詩〈紹興酒〉，又在大陸著名的《詩歌報》「詩帆高掛—海外華人抒情詩選萃」中介紹和權的生平與作品。

一九九一年　詩集《你是否撫觸到衣襟上被親吻的痕跡》出版，羅門作序，華曄出版社。

一九九一年　榮獲台灣僑務委員會獎狀。評語：華僑作家陳和權先生文采斐然，所作詩集反映時事對宣揚中華文化促進中菲文化交流貢獻良多特頒此狀以資表揚。並頒獎金。

一九九一年　詩評論〈迷人的光輝〉及〈試論羅門的週末旅途事件〉二篇，收入《門羅天下》（當代名家論羅門）一書，文史哲出版社。

一九九一年　小品文〈羅敏哥哥〉，收入台灣《中國時報・人間副刊》溫馨專欄精選暢銷書《愛的小故事》，焦桐主編，時報文化出版社。

一九九一年　獲中國全國新詩大賽「寶雞詩獎」。

一九九二年　詩集《落日藥丸》出版，菲律賓現代詩研究會出版發行，列入「萬象叢書之四」。

一九九二年　大陸著名詩評家李元洛評論文章〈千島之國的桔香—菲華詩人和權作品欣賞〉，收入李元洛著作《寫給繆斯的情書》，北岳文藝社出版發行。

一九九二年　詩作〈落日藥丸〉，選入香港《奇詩怪傳》，張詩劍主編，香港文學報社出版。

一九九二年　《落日藥丸》詩集，榮獲台灣「中興文藝獎」，除頒第十六屆中興文藝獎章（新詩獎）壹枚外，並頒獎金。

一九九三年　台灣文藝之窗「詩的小語」（張香華主持）於七月四日警察廣播電台介紹和權生平，並播出和權的詩多首：〈鞋〉、〈拍照〉、〈鈔票〉、〈我的女兒〉、〈彩筆與詩集〉。

一九九三年　榮獲菲律賓中正學院校友會「優秀校友獎」。

一九九三年　台灣《文訊》月刊，刊出女詩人張香華的文章〈珍禽—認識七年來的和權〉，並附和權照片。

一九九三年　童詩〈瀑布〉、〈我變成了一隻小貓〉、〈不公平的媽媽〉、〈螢火蟲〉四首，收入「世界華文兒童文學」（World Children Literature in Chinese）。中國太原，希望出版社刊行。

一九九三年　詩作〈潮濕的鐘聲〉，榮獲台灣「新陸小詩獎」。作家柏楊先生代為領獎。

一九九四年　詩作入選台灣《中國詩歌選》。

一九九四年	詩作多首入選南斯拉夫版《中國當代詩選》，張香華編。
一九九五年	詩作〈橘子的話〉，選入《新詩三百首》（
一九一七～一九九五年	集海內外新詩人二百二十四家，三百三十六首詩作於一書。大學現代詩課堂上採作教材）。張默、蕭蕭編，九歌出版社刊行。
一九九五年	於聯合日報以筆名「禾木」撰寫專欄「海闊天空」至今。
一九九五年	二度榮獲菲律賓中正學院校友會「優秀校友獎」。
一九九五年	詩作多首入選羅馬尼亞版《中國當代詩選》，張香華編。
一九九五年	大陸評論家陳賢茂、吳奕錡撰寫〈談和權〉，收入評述菲華文學的史書。
一九九六年	台灣《時報週刊》959期，大篇幅刊出和權的詩〈除夕・煙花—給妻〉（選自詩集《落日藥丸》），附謝岳勳之彩色攝影，及模特兒蔡美優之演出。
一九九六年	應邀擔任菲華兒童文學學會主辦第一屆菲華兒童作文比賽評審委員。獲贈感謝狀。
一九九七年	台灣《時報週刊》985期，大篇幅刊出和權的詩《印泥》，附黃建昌之彩色攝影，及影星何如芸之演出。

一九九七年	五四文藝節文總於自由大廈舉辦慶祝晚會，多名女作家朗誦和權長詩〈狼毫今何在〉（朗誦者：黃珍玲、小華、范鳴英、九華等人）。
一九九七～一九九九年	應邀擔任菲律賓僑中學院總分校中小學生作文比賽之評審委員。獲贈感謝狀。
二〇〇〇年	《和權文集》出版，雲鶴主編，中國鷺江出版社出版發行。附錄邵德懷、李元洛、劉華、姚學禮、林泉、吳新宇、周柴評論文章。
二〇〇〇～二〇〇一年	再度應邀擔任菲律賓僑中學院總分校學生作文比賽之評審委員。獲贈感謝狀。
二〇〇六年	詩作〈葉子〉，收入台灣《情趣小詩選》，向明主編，聯經出版社刊行。
二〇〇八年	大陸評論家汪義生撰寫〈華夏文脈的尋根者—和權和他的《橘子的話》〉，收入他的評論集《走出王彬街》。
二〇一〇年	《創世紀》詩雜誌162期，刊出和權的詩創作〈從「象牙」到「掌中日月」十首〉，並刊出二〇〇九年十二月二十九日，攜一對子女訪台時，與創世紀老友多人在台北三軍軍官俱樂部雅集之照片。
二〇一〇年	台灣《文訊》292期，刊出和權於二〇〇九年十二月三十一日，與多位創世紀詩社同仁拜訪文訊雜誌社（封德屏總編輯親自接待。大家一同參訪文訊資料中心書庫，並在現場留影）之照片。該期介紹和權生平及作品。

二〇一〇年　台灣《文訊》294期，刊出和權詩兩首〈砲彈與嘴巴〉及〈集郵〉。附彩色攝影照片，十分精美。

二〇一〇年　於《聯合日報》社會版「海闊天空」闢「詩之葉」，致力提升詩量詩質，影響社會風氣。

二〇一〇年　台灣《文訊》297期再度刊出和權的詩二首〈咖啡〉與〈黑咖啡〉。附彩色攝影照片，至為精美。

二〇一〇年　詩集《我忍不住大笑》出版，楊宗翰主編，台灣秀威文化公司刊行（列入「菲律賓・華文風」叢書之十）。

二〇一〇年　《和權詩文集》出版，陳瓊華主編，菲律賓王國棟文藝基金會刊行（列入「菲律賓・華文風」叢書之十）。

二〇一〇年　九月，詩作〈熱水瓶〉收錄南一書局出版之中學國文輔助教材《基測綜合題本》。

二〇一〇年　詩集《隱約的鳥聲》出版，楊宗翰主編，台灣秀威資訊科技股份有限公司製作發行（列入「菲律賓・華文風」叢書之十九）。該書剛出版，國立台灣大學圖書館即購一冊。記錄號碼：B3723139。

二〇一〇年　〈獨飲〉一詩刊於《文訊》。附彩色攝影照片，很是精美。

二〇一一年　詩作多首譯成韓文，刊於韓國重量級詩刊。

二〇一一年　詩二首〈筵席上〉與〈礁〉，收入蕭蕭主編之《二〇一〇年台灣詩選》，亦即《年度詩選》一書。

二〇一一年　詩作〈橘子的話〉收入《漢語新詩鑑賞》，傅天虹主編。

二〇一一年　〈大地震之後〉一詩刊《文訊》。附彩色攝影照片，極為精美。

二〇一一年　詩作〈鐘〉又被台灣康熹文化（專門製作教科書、參考書的出版社）選入教材，亦即用於《高分策略—國文》。

二〇一一年　中、英、菲三語詩集《眼中的燈》出版，菲律賓華裔青年聯合會刊行。

二〇一二年　詩集《回音是詩》出版，楊宗翰主編，台灣秀威資訊科技股份有限公司製作發行（列入「菲律賓・華文風」叢書之廿一）。

二〇一二年　獲菲律賓作家聯盟（UMPIL）頒詩聖描轆沓斯文學獎（Gawad Pambansang Alagad ni Balagtas），該獎為菲國最高文學獎，亦為「終身成就獎」。

二〇一二年　三語詩集《眼中的燈》之菲譯版（由施華謹先生翻譯），在年度甄選的最佳國家圖書獎（National BookAwards）中入圍，該獎是菲國榮譽最高的圖書獎每年被提名的由各主要出版社出版的優秀書籍多達幾百本，能夠入圍的卻僅有數本。

二〇一二年　三語詩集《眼中的燈》除在菲國兩家主要書店National Book Store和Power Books，上架出售外，也在菲國數間大學被當作翻譯課本使用。

二〇一二年　詩評集《華文現代詩鑑賞》，與林泉、李怡樂合著出版，台灣秀威資訊科技股份有限公司製作發行，列入新銳文叢之十九。

二〇一二年　受聘為菲律賓「第一屆亞洲華文青年文藝營」之顧問。

二〇一三年　馬尼拉計順市華校，擇取和權詩作〈殘障三題〉等，訓練學生朗讀。

二〇一三年　二月十六日，華校學生在此間愛心基金會朗讀和權的作品〈樹根與鮮鮑〉、〈和平之城〉、〈殘障三題〉。

二〇一三年　台灣某校高二課程有現代詩，侯建州老師把和權的作品拿出來分享討論。

二〇一四年　詩集《震落月色》出版，台灣秀威資訊科技股份有限公司製作發行，列入秀詩人01。

二〇一四年　和權的詩五篇〈漂鳥〉、〈在畫廊〉、〈住址〉、〈即景〉、〈一尾詩〉選入聯合新聞網udn閱讀藝文〈獨立作家詩選〉—選自《震落月色》詩集。

二〇一四年　和權詩集《我忍不住大笑》、《隱約的鳥聲》、《回音是詩》、《震落月色》、《眼中的燈》（三語詩集）、《華文現代詩鑑賞》等著作，入藏北京「中國現代文學館」。

二〇一四年　詩集《霞光萬丈》出版，台灣秀威資訊科技股份有限公司製作發行，列入秀詩人03。

二〇一四年　和權的詩〈金錢草〉選入台灣名詩人張默傾力編成的第三部小詩選《小詩・隨身帖》。

二〇一四年　十月，《創世紀》創刊一甲子，《文訊》雜誌特別展出《創世紀》180期詩刊封面，以及四十七位創世紀同仁風格獨具的詩手稿。和權的小詩手稿〈殘障三題〉，與他的照片和簡介一同展出（地點：台北市紀州庵文學森林。日期：十月九日至十月廿六日）。

二〇一五年　詩集「悲憫千丈」出版，台灣秀威資訊科技股份有限公司製作發行，列為讀詩人64。

二〇一五年　中國劇作家協會文學部主辦「華語詩人」大展（八五），推出和權（菲律賓）詩作二十二首。

二〇一六年　「唯美詩歌學會」推薦唯美菲籍華裔著名詩人和權詩作八首（附輕音樂）。

二〇一六年　東南亞華語詩人作品選《三》，推薦和權詩作〈橘子的話〉、〈找不到花〉。

二〇一六年　台灣畢仙蓉老師朗讀和權詩作八首。字正腔圓且充滿感情的朗誦，令人一聽再聽不厭。

二〇一六年　中國萬象文化傳媒詩人，推薦和權的詩十二首。

二〇一六年　榮獲中國八仙詩社擂台賽「一等獎」，亦即第一名（全國各地三十多位知名詩人參賽）。

二〇一六年　台灣這一代詩歌社與資深青商總會合辦「吟遊台灣詩詞大賞」活動。榮獲詩獎。

二〇一六年　台灣2016年度詩選《給蠶》，收入和權的詩四首〈畫夢〉、〈撐開的傘〉、〈一張照片〉、〈一抹彩霞〉。

二〇一七年　應邀為中國丐幫「華韻杯」詩賽評委。

二〇一七年　應聘為「中華漢詩聯盟」顧問。

二〇一七年　中國《蓼城詩刊》第18期，短詩聯盟推薦和權的詩八首，亦即〈新年八首〉。

二〇一七年　「中華漢詩聯盟」多次為和權製作個人專輯，刊出詩多首。

二〇一七年　中國《周末詩會》337期，刊出和權的詩多首。

二〇一七年　中國《詩歌經典2017》出版（經銷：全國新華書店）。收入和權的詩二首：〈小喝幾杯〉、〈勁竹〉。附詩人簡歷及觀點。

二〇一七～二〇一八年　《中華漢詩聯盟》、《長衫詩人》、《短詩原創聯盟》等，多次刊發《和權小詩專輯》，博得讚譽。

二〇一七年　《台灣詩學截句選300首》，收入和權的詩四首：〈弦外之音〉、〈情愛〉、〈紅泥小火爐〉、〈失戀〉。

二〇一八年　《中國情詩精選》多次刊發、朗誦和權的詩（點擊率過千），好評如潮。

二〇一八年　中國《短詩原創聯盟》舉辦「和權盃小詩大賽」，參賽者眾。圓滿成功。

二〇一八年　《中國詩歌經典2018年》（經銷：全國新華書店），收入和權的詩三首：〈獨弦琴〉、〈西楚霸王〉、〈舉杯邀明月〉。附詩人簡歷及觀點。

二〇一八年　和權情詩八首〈藍色月光石〉、〈拭淚〉、〈星光藍寶石〉等，選入台灣《這一代的文學——每日一星佳作選集》。

二〇一八年　和權情詩十二首：〈雨中漫舞〉、〈漂泊者返家了〉等，選入台灣《這一代的文學——每日一星佳作選集》。

二〇一八年　《中國情詩精選》第0358期刊發、朗誦和權的詩十首，同時刊發於廣東《觸電新聞》（面對大海朗讀），一萬八千人閱讀。

二〇一九年　台灣《魚跳：2018臉書截句選300首》，選入和權的詩四詩：〈月兒彎彎〉、〈養在詩中〉、〈泡影說法〉、〈火柴〉。

二〇一九年　和權詩七首〈中國神韻之風製作〉，點擊率過六萬。

二〇一九年　中國實力詩人《中國詩人總社檔案2019》（ChinesePower Poet Archive 2019），收入和權的詩〈讀你〉、〈願〉。排在前百名之內第44號（安排於全國新華書店出售）。

二〇一九年　中國《華語詩壇》刊發《陳和權專輯》。閱讀量：4.9萬。

二〇一九年　中國「華語詩壇」特別荐詩，亦即和權題詩：一百年來震驚人類靈魂的十五張新聞照（和權專稿）。

二〇一九年	中國「華語詩壇」刊出《陳和權專輯》。
二〇一九年	獲選中國「名人錄」檔案0045號（收入代表作八首）。
二〇一九年	中國「東佳書社」刊出《和權專輯》。
二〇一九年	選入中國「名家檔案」，列0004號（名家風采榜），並刊出陳和權作品展（詩作八首。附名家評論）。
二〇二〇年	元月中旬，菲律賓中正學院「菲華文學館」展出和權的全部作品（共十九本詩文集）及〈落日藥丸〉等代表作多首。
二〇二〇年	元月下旬，中國「華語詩壇」（第26期）刊發和權的詩〈夜深沉〉、〈天冷〉，閱讀量一萬。
二〇二〇年	元月下旬，中國「名人行」01期，刊出和權的詩〈封城了〉。
二〇二〇年	二月三日，中國「世界名人會」，刊發和權的詩五首。
二〇二〇年	二月四日，中國「名人行」02期，刊出和權的詩〈給地球人〉。
二〇二〇年	十二月，詩作二首收入台灣網路年度詩選。
二〇二一年	三月上旬，台灣國家圖書館徵收和權的寫作手稿。這是一份難得的特殊榮譽。
二〇二二年	大陸《中華詩魄》上半年刊《名家經典》，收入和權詩作〈大時代〉（外四首）。

二〇二二年　2021全球華人網路詩選收入和權詩作〈長巷的盡頭〉、〈紅花。白花〉。

二〇二二年　台灣麥田《南洋讀本》，獲授權使用和權的詩〈眼中的燈—給扶西‧黎剎〉。該書已出版。

二〇二四年　榮獲台灣人間魚詩社年度金像獎第二名。

讀詩人173　PG3115

詩的信仰
──和權詩集

作　　者　和　權
責任編輯　莊祐晴
圖文排版　陳彥妏
封面設計　李孟瑾

出版策劃　釀出版
製作發行　秀威資訊科技股份有限公司
114 台北市內湖區瑞光路76巷65號1樓
電話：+886-2-2796-3638　傳真：+886-2-2796-1377
服務信箱：service@showwe.com.tw
http://www.showwe.com.tw
郵政劃撥　19563868　戶名：秀威資訊科技股份有限公司
展售門市　國家書店【松江門市】
104 台北市中山區松江路209號1樓
電話：+886-2-2518-0207　傳真：+886-2-2518-0778
網路訂購　秀威網路書店：https://store.showwe.tw
國家網路書店：https://www.govbooks.com.tw
法律顧問　毛國樑　律師
總 經 銷　聯合發行股份有限公司
231新北市新店區寶橋路235巷6弄6號4F
電話：+886-2-2917-8022　傳真：+886-2-2915-6275

出版日期　2024年11月　BOD一版
定　　價　300元

讀者回函卡

Printed in Taiwan

國家圖書館出版品預行編目

詩的信仰：和權詩集 / 和權著. -- 一版. -- 臺
北市：釀出版, 2024.11
面；　公分. -- (讀詩人；173)
BOD版
ISBN 978-986-445-989-6(平裝)

851.487　　113012968